LE [illegible] L
DU VAL DES NEIGES

par

Isabelle Alexis
Tonie Behar
Adèle Bréau
Sophie Rouvier
Marie Vareille

CHARLESTON
POCHE

De la #TeamRomCom, aux éditions Charleston

Si maman si, 2022
Petits réveillons entre amis, 2021
Noël Actually, 2020
Noël et préjugés, 2019
Y aura-t-il trop de neige à Noël, 2017

76, boulevard Pasteur
75015 Paris - France
www.editionscharleston.fr

ISBN : 978-2-38529-053-5

Maquette : Patrick Leleux PAO

Pour suivre notre actualité, rejoignez-nous sur Facebook (Éditions.Charleston), sur Twitter (@LillyCharleston) et sur Instagram (@editionscharleston) !

Charleston s'engage pour une fabrication écoresponsable ! Amoureux des livres, nous sommes soucieux de l'impact de notre passion et choisissons nos imprimeurs avec la plus grande attention pour que nos ouvrages soient imprimés sur du papier issu de forêts gérées durablement.

Par ordre d'apparition

KAREN

*

Isabelle Alexis

1

20 décembre, Paris

— OK, Célia, mon taxi est là, annonce Karen Lilas, après un coup d'œil à son portable, je dois vraiment y aller.

Célia se lève de son bureau et embrasse Karen.

— Bonnes vacances ! Ne prends pas froid et ramène-nous le super scoop ! lança la jeune femme.

— Promis. Enfin, on va essayer, soupire Karen.

— On s'appelle…

— Uniquement pour les urgences : si Marion Cotillard a un nouveau Jules, par exemple, termina Karen.

— D'acc. Bon Noël, Karen !

— Toi aussi, ma Célia, dit-elle en enfilant sa doudoune d'hiver.

Karen Lilas ouvre la porte en tirant sa valise jusqu'à l'ascenseur et revient sur ses pas.

— … ou si Guillaume Canet a une nouvelle fiancée ! Ça marche aussi…

— J'avais compris ! lance Célia en riant.

Elles savent qu'elles ne tiendront pas cette promesse, elles s'appellent tout le temps. Karen claque la porte, monte dans l'ascenseur et vérifie dans son sac qu'elle n'a rien oublié. Elle s'est fait une petite pochette avec ses trois billets de train et sa réservation pour le Grand Hôtel du Val des Neiges. Elle emmitoufle son cou dans son épaisse écharpe en laine et s'observe dans le miroir de l'ascenseur. Elle n'a pas eu le temps de se maquiller.

— Âge réel : trente-neuf ans. Ressenti : soixante-cinq, ce matin, dit-elle à son reflet.

Karen, qui a toujours voulu incarner l'élégance, l'intelligence et la curiosité, trouve qu'elle ressemble aujourd'hui au Bonhomme Michelin sous Temesta. Elle ôte l'écharpe, la doudoune étant suffisante, et l'entoure sur l'anse de sa valise. Elle se mouille un doigt et se frotte sous l'œil, pensant estamper les vilains cernes soulignant son regard d'un bleu profond. Toujours avec les doigts, elle peigne ses cheveux très éclaircis et inspire et expire. Elle ressent comme un nœud au ventre depuis quelques jours. PIAGG, sa chaîne YouTube, est au bord du gouffre mais elle part au Val des Neiges avec l'espoir d'un scoop, d'une prochaine vidéo qui pourrait la sauver.

Quand elle sort de l'ascenseur, elle découvre devant l'immeuble, une Peugeot bleue à l'arrêt. Le froid lui mordant la peau, elle remet son écharpe. Le chauffeur sort, la salue et s'empare de sa valise pour la placer dans le coffre.

— Garde de Lyon, s'il vous plaît, monsieur ! lance Karen en s'engouffrant dans la Peugeot.

Installée dans le taxi, elle se demande ce qu'elle va devenir si elle est contrainte d'arrêter sa chaîne. Elle songe à son parcours depuis 2005, l'année où elle s'était fait virer d'un prestigieux journal et comment, dans la foulée, elle avait créé son blog sur l'actu des *people.* Assez drôle, caustique, elle avait pu laisser libre cours à son impertinence, voire son insolence, sans avoir une rédac chef sur le dos qui lui demandait de couper 2000 signes sur les 2500 prévus, parce *qu'on ne pouvait pas publier ça.*

Par la suite, elle avait pu vérifier par elle-même que les articles les plus corrosifs remportaient le plus de vues. Elle aime détailler la manière dont certains *people,* qui se veulent les chantres du politiquement correct et de la bien-pensance, se comportent réellement avec les autres, dans la vraie vie. Emportée par le succès de son blog, elle a monté en 2011 sa propre chaîne YouTube, sur l'actu des stars : PIAGG pour *People Investigation And Good Gossips.* Elle l'a créée avec Célia Mounier, jeune diplômée d'une école audiovisuelle et passionnée par le montage et le mixage. Bien que Célia soit un peu plus jeune qu'elle, les deux jeunes femmes sont vite devenues inséparables et meilleures amies. Associées, elles ont ainsi monté une petite boîte de production et se sont lancées dans la diffusion sur Internet, tout en apprenant en parallèle comment négocier des photos, des vidéos, comment gérer les relations publiques (de personnes ou de lieux) et comment se faire insulter par des attachées de presse sans fondre en larmes, etc.

PIAGG, avec son ton acide et taquin, a vite trouvé son public et dégage quelques bénéfices grâce aux publicités. Karen se charge de l'écriture des textes et les lit en voix off sur ses images. Elle ne veut pas apparaître à l'écran. Même quand elle mène des interviews de paparazzis racontant les folles nuits de certaines stars, elle reste cachée.

Célia, quant à elle, s'occupe de tout le côté technique.

Karen songe qu'elle est peut-être de nouveau à un tournant dans sa vie, que c'est probablement son dernier voyage pour PIAGG. Après une nouvelle mise en demeure de payer, elle va probablement mettre la clé sous la porte. C'est la quatrième. La quatrième plainte pour diffamation envoyée par les avocats de stars qu'elle a « un peu » malmenées. Depuis quand l'humour est interdit dans ce pays ? Les vacheries font partie de l'humour ! Une immense partie de notre culture des lettres est fondée sur la satire, le pamphlet, la diatribe, la polémique, l'esprit taquin et critique ! Ils ont lu Voltaire, ces gens-là ? Attention, elle ne se compare pas, hein ? Mais tout de même ! Depuis quand la liberté d'expression ne signifie plus rien ? Les dommages-intérêts demandés par ces avocats de stars pour « préjudices moraux », « atteintes à l'honneur » et autres foutaises sont obscènes, d'autant qu'elle a accepté, de fort méchante humeur, de retirer les émissions concernées, enfin au moins les passages un peu piquants – les plus drôles, quel gâchis ! Ça ne suffisait pas ? Non, ça ne suffirait jamais ! Mais ils se prennent pour qui, ces gens-là ? Depuis quand on n'a plus le droit de faire des vannes sur le QI des autres ?

Karen paye le chauffeur, le remercie et sort du taxi. La gare de Lyon est bondée ; elle se fraye un chemin pour accéder au grand panneau des destinations, des horaires, des halls et des quais. Son TGV pour Genève est à l'heure, c'est une bonne nouvelle car elle a deux TER à prendre par la suite jusqu'à Chamonix-Mont-Blanc. Elle ne va pas jusqu'à Genève, elle s'arrête avant, à Bellegarde-sur-Valserine. Karen se dirige vers le quai indiqué, en tirant sa valise. Certaines personnes sont déjà habillées pour les sports d'hiver, constate-t-elle, ils sont pratiquement en tenue de ski.

La journaliste free-lance, elle, n'y va pas pour le ski. Elle se rend au Val des Neiges pour le chanteur Jimmy Mariani. Il doit chanter au Grand Hôtel du Val des Neiges, le soir du réveillon de Noël. D'origine corse, Jimmy Mariani, sa voix de stentor et son charme de crooner méditerranéen ignorent qu'ils vont bientôt être traqués par Karen. En général, pour ses émissions, Karen se passe aisément de l'accord de ses vedettes et, là, elle prépare une spéciale sur l'auteur-compositeur-interprète-né-le-14-juin-1976-à-Bastia. Une émission agrémentée d'un tout nouveau scoop. Avec ce qu'elles viennent d'apprendre sur lui, les filles sont sûres de dépasser le million de vues et de sauver leur chaîne de la banqueroute. C'était une bombe, une véritable info personnelle – et Mariani ne pourra pas les poursuivre en diffamation si c'est vrai. Évidemment, il faut être sûr de la véracité de cette info, c'est pourquoi Karen se rend sur place. Le chanteur ne l'a jamais vue, il ne lui enverra pas un pain dans le nez s'il la croise dans les couloirs de l'hôtel, c'est toujours ça… Néanmoins, elle doit rester prudente, car son nom, lui, est connu. Il circule pas mal dans le milieu des vedettes. « Karen Lilas, si vous entendez ce nom-là, si vous la voyez : Fuyez ! »

Karen s'installe à sa place isolée dans le wagon. Célia lui a réservé une première classe, décrétant que ce n'était pas parce qu'on croulait sous les mises en demeure de payer des stars à la noix qu'il fallait se laisser abattre. Et puis, en plus, elle doit prendre deux TER après ! Au moins faire un tiers du trajet dans de bonnes conditions, tant pis pour le fric. Karen dépense trop, elle le sait et n'a pas de don pour la comptabilité. Elle est une femme de lettres, elle, une sorte de Madame de Sévigné de son époque avec une chaîne YouTube, même si elle ne se compare pas, hein ?

Karen Lilas patiente les quinze minutes qui la séparent du départ en faisant défiler son Instagram sur son téléphone portable. Elle est un peu inquiète car, songe-t-elle, elle n'a pas de Gremlins dans cet hôtel. Les Gremlins constituent sa communauté d'informateurs, d'indics et petits complices qu'elle a un peu partout. Ses grooms de palaces qui lui envoient des photos de stars américaines moyennant un petit billet, les réceptionnistes, filles à l'accueil, qui la préviennent sur Messenger de la présence d'Untel ou Unetelle, ses videurs de boîtes de nuit, barmen, serveurs de restaurants chic, employés de clubs de sport très sélects, etc. On met une vie entière à avoir des Gremlins bien installés dans une ville. Dernièrement, Karen en a démarché sur le réseau professionnel LinkedIn. Il lui est arrivé de recevoir quelques consentements : « D'accord, c'est payé combien ? », d'essuyer quelques refus polis : « La confidentialité, la discrétion et le bien-être de notre clientèle sont essentiels à la dignité et à l'honneur de notre établissement. Nous refusons catégoriquement de vous divulguer quelque information que ce soit. Bonne continuation. La Direction. » Et même, quelques refus moins polis : « Va faire les poubelles ailleurs, sale fouille-merde ! »

Au Val des Neiges, elle devra se débrouiller seule, à l'aveugle. Le scoop sur Jimmy Mariani est arrivé, lui, complètement par hasard, grâce à la grande activité de Célia sur les réseaux sociaux.

Une voix dans les haut-parleurs annonce de faire attention à la fermeture des portes car le TGV va partir. Karen s'enfonce confortablement dans son siège et ferme les yeux.

***

Six heures plus tard, en fin d'après-midi, Karen est à Chamonix où l'air frais est bien plus sec qu'à Paris, plus glaçant aussi. Le jour tombe doucement, de la buée s'échappe de sa bouche à la descente du train. Elle se dirige vers la sortie, vers les navettes qui vont finir de gravir les montagnes. Il y en a partout, ici ! Elle a réservé une voiture qui doit la conduire au Val des Neiges et, à la sortie de la gare, Karen avise un homme d'une cinquantaine d'années, dans une doudoune thermique vert sombre, au crâne dégarni et à l'allure plutôt joviale comme en témoignent ses bonnes joues rosies par le froid. Il tient une pancarte avec son nom, Karen Lilas, devant une berline noire. Elle sait qu'il s'appelle Richard car il lui a envoyé un SMS de confirmation il y a dix minutes pour lui dire qu'il serait là et l'attendrait.

Karen le salue en lui serrant le gant, heureuse de le voir.

— Vous avez fait bon voyage ? lui demande le chauffeur en s'emparant de sa valise pour la mettre dans le coffre.

— In-ter-mi-na-ble ! s'exclame Karen. Je ne sais pas si vous imaginez, j'ai pris trois trains dans la même journée ! Vous ne pouvez pas faire venir le TGV directement ici ? C'est qui, le maire de ce bled ? Il faut que je lui parle, parce que ce n'est pas possible…

— C'est une petite gare, ici, s'esclaffe Richard, en lui montrant l'édifice ayant l'apparence d'une belle maison de deux étages avec des volets rouges.

— Il faut le vouloir, pour venir jusqu'ici ! dit Karen en s'engouffrant à l'arrière de la voiture.

— Val des Neiges, donc ? Le Grand Hôtel ? demande Richard, en prenant place derrière le volant.

— C'est ça.

— C'est adorable comme village, vous allez être en face du mont Blanc…

— Super.

La voiture démarre et traverse une partie de Chamonix qui scintille et resplendit de décorations de Noël. Les paysages montagneux et forestiers, silencieux sous leurs épaisses couches de neige, sont à couper le souffle, Karen doit bien l'avouer.

Et puis la berline sort de la petite ville et attaque la montée. La voilà qui se met à gravir des pentes de plus en plus raides, à tourner dans des virages de plus en plus serrés, enchaînant les lacets.

— Ça tourne, hein ? lance Karen, inquiète.

— Oui, c'est la montagne, répond le chauffeur, laconique.

— Ça tangue pas mal, dit la jeune femme en priant pour ne pas dégobiller sandwich et boissons sur la banquette arrière – ce serait dommage, une si belle voiture.

Elle contemple le vide à travers la vitre et découvre les forêts vues d'en haut, les sommets des sapins, toutes ces cimes enneigées.

— Ça monte, hein ? Déjà ça montait pas mal dans le dernier train mais là, c'est monstrueux.

Le chauffeur lui adresse un sourire rassurant dans le rétroviseur mais reste concentré sur ses virages, à une allure modérée. Il fait bien, il n'y a pas de glissières de sécurité au bord des routes. Un dérapage et c'est le grand saut dans le vide.

— Il ne faut pas que je regarde en bas, murmure Karen. Oh, là, là…

Ça fait plus de dix ans qu'elle n'est pas venue à la montagne. La dernière fois, c'était à Tignes avec un amoureux : un séjour très sympa, beaucoup de raclettes et de vin blanc… Oh, zut, elle ne se rappelle plus du nom du gars, son amoureux de l'époque… Elle revoit sa tête pourtant, ses Ray-Ban dans lesquelles elle se reflétait… Mais son nom ? Impossible…

— On est presque arrivé, l'informe le chauffeur. Ce n'est pas loin.

— Ah, tant mieux !

Effectivement, dix minutes plus tard, la voiture débarque dans un charmant village typique de Haute-Savoie où un gigantesque sapin de Noël brille de mille feux. La voiture s'arrête et Richard s'en extirpe pour s'emparer de sa valise dans le coffre.

— Je vous laisse là !

— Ah bon ? demande Karen en sortant de la voiture.

Elle regarde partout autour d'elle, déboussolée.

— Il faut que vous preniez les télécabines, l'informe Richard. Il est juste là. C'est le seul moyen d'accéder au Grand Hôtel, tout là-haut…

Le chauffeur est alors étonné de voir Karen s'effondrer au sol, les fesses dans la neige.

— In-ter-mi-na-ble ! J'en peux plus… J'ai l'impression d'avoir voyagé jusqu'au nord du Népal, à la frontière avec le Tibet, et encore, ça doit être plus facile d'accès…

— Allons, ne pleurez pas, mademoiselle ! C'est presque fini… Si j'étais vous, je me relèverais vite car les télécabines ferment à dix-sept heures. Il est moins trois, révèle-t-il après un coup d'œil à sa montre. Après ça, il vous faudra escalader la face nord de la montagne et avec vos petites bottines, j'en ai bien peur…

Il n'a pas le temps de finir sa phrase, Karen bondit sur ses pieds, attrape l'anse de sa valise et court en direction des formes ovales qui s'élèvent dans le ciel…

— Merci, Richard ! lui crie-t-elle en se précipitant, glissant, tombant, se relevant, reglissant.

Elle a déjà payé la course par Internet et n'a guère le temps pour un pourboire. Elle s'engouffre comme une tornade dans le bâtiment. Elle est à peine entrée que les portes se referment derrière elle et l'œuf s'envole dans les airs. Karen se laisse tomber comme une enclume sur un des sièges, en reprenant son souffle. Trois personnes en combinaisons, bonnets et paire de skis en mains, l'observent.

— Et ça monte, ça monte encore et ça continue ! déclare-t-elle en regardant à travers les grandes vitres. Il reste de l'oxygène, là-haut, sérieux ?

Personne ne lui répond.

Punaise, Jimmy Mariani, mais où tu es allé te cacher ? songe-t-elle.

Heureusement, le trajet n'est pas trop long. Les passagers sortent de la cabine, chaussent leurs skis et enfilent d'épais gants maintenus par des lanières à bandes Velcro aux poignets, tout en se préparant à la descente. Karen sort à son tour avec sa valise et avise au loin un bel édifice en bois massif, entouré d'autres chalets plus petits, le tout au milieu de sapins enneigés.

C'est là ? C'est joli… mais drôlement loin.

— Mais ma parole, il n'est pas fini le téléphérique ! Il manque cent mètres au moins ! Il ne va pas jusqu'au bout ? ! Faut le signaler, ça ! C'est qui le maire, ici ? Il faut lui dire, il n'est pas fini, son machin… Oh, oh, il y a quelqu'un ? Allô, au secours ! Help !

Mais les skieurs sont partis, elle est seule dans l'immensité blanche. Karen pose son sac dans la neige, elle sort sa pochette avec sa multitude de billets de train et sa réservation. Par inadvertance, son imprimante a craché tout le site de l'hôtel, ce qui fait qu'elle a une dizaine de pages de textes et de photos sur le lieu. Elle sort ses feuilles et compare les photos avec la vision qui s'offre à elle. C'est bien ça.

Situé au cœur d'un paysage pittoresque, cet hôtel-chalet est niché au milieu des majestueuses montagnes enneigées. Dès que vous arrivez, vous êtes accueilli par une architecture rustique et élégante qui se fond harmonieusement avec l'environnement naturel.

— Vous n'êtes accueilli par personne ! crie Karen.

L'obscurité approche et envahit déjà les sommets, seul l'écho lui renvoie ses derniers mots.

L'extérieur de l'hôtel-chalet est orné de boiseries traditionnelles, de poutres en bois massif et de pierres naturelles, créant une ambiance chaleureuse et authentique. Les grandes fenêtres offrent une vue imprenable sur les sommets enneigés et permettent à la lumière naturelle de baigner les espaces intérieurs.

— Et n'oubliez pas vos mousquetons et vos piolets pour y arriver ! hurle-t-elle.

Elle se remet à marcher.

— Mais ce n'est pas vrai ! gémit-elle en tirant sa valise. In-ter-mi-na-ble ! J'en peux plus ! Et ça continue de monter, en plus !

Au sol, des traces visibles, parallèles, forment un chemin jusqu'au Grand Hôtel, comme si le traîneau du Père Noël était déjà passé dans le coin, en repérage. Elle crapahute avec ses petites bottines noires dans cette allée improvisée, glisse une nouvelle fois et tombe la tête la première dans la neige.

Un quart d'heure plus tard, Karen entre enfin dans le grand chalet, heureuse de retrouver de la chaleur et la civilisation.

En entrant dans le hall, vous êtes immédiatement enveloppé d'une atmosphère cosy. Le foyer central crépite joyeusement, réchauffant l'espace et invitant les visiteurs à se détendre près du feu. Les canapés confortables, recouverts de tissus épais et douillets, vous invitent à vous installer et à admirer la beauté naturelle qui vous entoure.

Karen est hirsute, exténuée et recouverte de neige. Elle doit ressembler au Yéti ; si elle croise des gosses, ils vont lui jeter des cailloux. Elle se dirige vers l'accueil et découvre une jolie brune derrière son comptoir en bois verni qui la contemple avec des yeux ronds, observant la neige qu'elle a jusque dans les cheveux. Karen voudrait lui dire que non, elle n'a pas été kidnappée trois semaines dans un cabanon abandonné dont elle vient de s'échapper, elle a juste eu une longue journée. Finalement, elle ne donne que son nom à la jeune femme, qui lui répond dans un grand sourire :

— Bienvenue au Grand Hôtel du Val des Neiges, nous vous attendions ! On avait peur que vous ratiez la dernière montée…

— Je l'ai eue à un cheveu. Et comme ce n'est pas tout près, j'ai fait un peu d'alpinisme pour terminer le chemin. C'est l'Everest, ici, ma parole !

— Presque, c'est le mont Blanc ! sourit-elle en lui donnant sa clé.

Karen se demande tout de suite si cette fille pourrait faire partie de ses Gremlins.

Genre : « Je te file 200 balles et tu me dis où est la chambre de Jimmy Mariani. À vrai dire, je suis quasi sûre qu'il a loué un des petits chalets privés aux alentours. Tu peux me donner le numéro s'il te plaît ? Hein ? Que je ne passe pas ma semaine suspendue aux fenêtres de chaque bungalow à regarder dedans, hein ? On va tous gagner du temps comme ça… »

Karen n'ose pas, évidemment. Ça ne se passe pas ainsi, il faut d'abord établir un peu de confiance et d'amitié. Karen remercie la jeune fille, embarque sa clé et se dirige vers l'ascenseur. En chemin, elle croise un grand type aux cheveux gris, en queue-de-pie, qui la toise des pieds à la tête. Il a le visage fermé, un peu austère, l'œil inquisiteur. Karen lui rend son regard condescendant en y ajoutant une touche de : « Pousse-toi de là, Pépère, que je passe ma valise » et appuie sur le bouton de l'ascenseur.

Les chambres de cet hôtel-chalet sont toutes décorées avec goût, en accord avec le style alpin. Les matériaux naturels, tels que le bois et la pierre, sont utilisés pour créer une atmosphère chaleureuse et apaisante. Les lits moelleux sont recouverts de couvertures en laine épaisse, vous garantissant une nuit de sommeil réparateur après une journée bien remplie sur les pistes.

Et après une journée bien plus remplie pour y accéder, Karen s'écroule sur le lit, les bras en croix, et observe les boiseries au plafond.

— Punaise, faut être du FBI pour te trouver, toi ! dit-elle tout haut aux murs de l'hôtel. Ce n'est pas le tout, mais maintenant, il faut en plus que je retrouve mon chanteur. Il doit déjà être là et il a forcément un endroit où répéter pour le 24 au soir.

Pas de temps à perdre, Karen se relève dans la douleur. Elle va suspendre ses affaires dans la belle armoire, prendre une bonne douche chaude et se mettre à la recherche de Jimmy Mariani.

2

Deux heures plus tard, Karen s'est refait une beauté quand elle apparaît dans le grand salon de l'hôtel. Elle a quitté son jean trempé par ses nombreuses chutes tout au long de la journée et arbore un pantalon noir et col roulé assorti, elle a rassemblé ses cheveux blonds en queue-de-cheval et a opté pour un maquillage léger avec une base de fond de teint, effaçant toute imperfection du visage. Elle est en tenue de combat, de traque, de chasse. En mode paparazzi indépendante. *D'abord et avant tout : un petit mojito pour se donner du courage et de la persévérance.* Elle s'avance vers le bar en bois massif et prend place sur le haut tabouret. Un jeune homme brun d'une trentaine d'années, l'œil un peu rieur, secoue un shaker à cocktails. Il le lance et le fait virevolter dans les airs, amusant la galerie de clients derrière le bar, de clientes surtout.

— Vous êtes doué, lance Karen.

— Merci ! Je m'appelle Jules, répond-il.

— Je vais prendre un mojito, Jules !

— C'est parti pour le mojito ! chantonne-t-il.

Karen engage la conversation. Ils échangent quelques banalités, depuis combien de temps Jules travaille ici, qu'a-t-il l'intention de faire après, etc. Puis Karen décide d'entrer dans le dur. Elle lui annonce qu'elle est journaliste free-lance. Elle lui parle d'elle et de son métier. Tous deux discutent de la lente et probable agonie de cette profession, bientôt remplacée par ChatGPT, conforme, correcte, bienséante et appropriée. Sans offense, ni aspérité, ni humour.

À ce moment-là, Karen préfère être franche : ce qu'elle est venue faire ici, aucune Intelligence Artificielle ne peut le faire, c'est de l'artisanat à l'ancienne, de l'investigation people et, d'ailleurs, elle aurait bien besoin de quelqu'un comme Jules. Elle pique la curiosité du jeune homme qui l'écoute avec attention entre deux verres à servir. De prime abord, Karen inspire plutôt confiance, elle le sait. Elle sait aussi lire la psychologie des gens et elle a envie de jouer avec le côté aventurier qu'elle a détecté chez le jeune homme. Sans s'embarrasser de circonlocutions, elle déclare au barman qu'elle lui filera 400 euros s'il l'aide à entrer dans la chambre de Jimmy Mariani. Elle sait qu'il est là. Jules s'arrête net et observe Karen, l'œil rond. Non, il ne peut pas faire ça ! Dans les hôtels de luxe, le showbiz est plus vénéré que le dieu Krishna ne l'est en Inde. Les neurones du jeune homme s'activent à peser le pour et le contre. Karen le voit : ce regard qui calcule, elle le connaît par cœur. Elle lui explique qu'il n'y aura aucun inconvénient pour lui, car même si elle se fait attraper, ce qui n'arrivera pas, elle aura agi seule, et jamais, au grand jamais, elle n'évoquera le barman. Jules réfléchit et demande 750 euros. Karen déglutit un peu de mojito sur son pull noir. Ils négocient comme s'ils étaient au souk de Marrakech et se mettent d'accord sur la somme de 600 euros. Elle le trouve chérot, ce garçon.

— Il faut qu'on mette au point une stratégie et qu'on n'oublie aucun détail, explique Karen.

— J'ai bien une idée, dit-il.

— Ah, déjà…

— C'est moi qui lui apporte son petit déjeuner, explique Jules en se penchant vers Karen. Mariani a une machine à café dans son chalet mais il ne l'aime pas. Il préfère les vrais expressos du bar. Il ne veut que ce café-là et pas un autre, il faut lui remplir tout un pot et il ne peut rien faire tant qu'il ne l'a pas bu, c'est lui qui me l'a dit. On doit ajouter un jus de deux oranges bio, de la baguette bien fraîche et surtout il veut un miel spécial pour sa voix, un miel de châtaigneraie qui vient des montagnes corses, celui-là et pas un autre ! Il a fallu qu'on le commande avant qu'il arrive. Évidemment, pour lui, c'est plus simple qu'on lui apporte tout ça sur un plateau car il n'est pas du genre à descendre au village faire les courses. Et puis, il n'est pas très matinal non plus ; son petit déj, il le demande vers onze heures, tu vois ?

— C'est parfait, ça. Je peux prendre ta place, demain ? demande Karen.

— Tu sais, ce matin, je ne l'ai même pas vu, chuchote Jules. Il était sous la douche. J'ai déposé le plateau sur la table basse du salon et je me suis tiré…

— C'est exactement ce que je voudrais faire. Être une ombre. Je ne veux pas qu'il me voie…

— Rassure-moi, tu ne vas pas le voler ?

— Mais non, pas du tout ! J'ai juste besoin de vérifier un truc…

— Quel genre de truc ?

— Hem, je te dirai…

— Quelque chose qu'on n'est pas supposés savoir, je parie ? reprend Jules.

— Écoute, je ne vais pas le cambrioler, je t'en donne ma parole ! envoie Karen, préférant changer de sujet. Il est ici avec ses musiciens ?

— Ils sont dans le chalet à côté. Ils sont quatre plus un régisseur. Ah, je ne t'ai pas dit…

— Quoi ?

— Il y a une meuf dans le chalet avec lui.

— Oh fuck ! Ça, par contre, ça ne m'arrange pas du tout ! bougonne Karen.

— Comment ça, ça ne t'arrange pas ? réagit Jules, l'œil rond. Je pensais que c'était elle que t'allais pourchasser, enfin… Je croyais que tu voulais prendre une photo des deux, ensemble. Tu m'as dit que t'étais une sorte de paparazzi indépendante…

— Oui, bien sûr, aussi… Évidemment ! Sa nouvelle fiancée, t'imagines ! Si je peux, je sors mon portable et hop une petite photo !

— Je l'ai aperçue hier, vite fait, mais pas ce matin, elle était partie skier, je pense… Elle est brune, bouclée…

— Sinon, j'y vais habillée comment ? le coupe Karen. Tu n'aurais pas… je ne sais pas, un tablier, quelque chose à me prêter, que j'aie l'air de quelqu'un qui bosse ici ?

— Je vais te filer le tee-shirt noir des serveurs, avec le logo de l'hôtel.

— OK.

— J'irai t'en chercher un dans la cuisine du personnel, ainsi qu'une clé-maîtresse, chuchote Jules, penché vers elle. C'est une clé passe-partout pour les chalets. Tu y fais super gaffe et tu me la rends tout de suite après, c'est hyper important ! Si Monsieur Hubert s'aperçoit qu'il manque une CM, je ne te raconte pas…

— Monsieur Hubert ?

— Le directeur. Il est un peu *old school*, le gars ! Légèrement *vintage* et assez psychorigide…

— Ah oui, le croque-mort en queue-de-pie ? Je l'ai croisé en arrivant, il me semble. Ne t'inquiète pas, Jules, on ne se connaît pas. Si je me fais surprendre, je raconterai que j'ai dérobé le pass et le tee-shirt pour apporter le café à Mariani, parce que je suis une fan désespérée, ivre d'amour pour sa voix de baryton.

— Ouais, il y a intérêt parce que je peux perdre mon boulot, moi ! Autre chose : si jamais il croise ton regard demain matin, il ne faudra surtout pas qu'il te revoie après ! Sinon, il comprendra vite que t'es cliente et pas serveuse…

— Il ne me reverra pas, promis ! Je resterai cloîtrée dans ma chambre. De toute façon, je ne compte pas m'éterniser. Pour les 600 euros, je peux te faire un chèque ? Sinon faut que je redescende au village, tirer des espèces… Quelle barbe !

***

Le lendemain matin, Karen est au taquet. Jules l'a prévenue dès que Mariani a appelé pour son demi-litre d'expresso. Le barman conduit Karen dans l'arrière-cuisine du personnel où il a préparé le plateau sans oublier le miel corse. Karen enfile le tee-shirt des serveurs, trop grand pour elle, par-dessus son pull. Un peu inquiet, Jules lui tend la fameuse clé passe-partout.

— T'y fais hyper gaffe !

— Oui, dit Karen.

— C'est le chalet numéro cinq, quand tu sors sur la droite. On a déblayé la neige dans l'allée. T'as quoi, comme chaussures ?

Il se penche pour regarder et avise ses petites bottines noires.

— T'as que ça, comme godasses ? T'as pas des après-ski ou des chaussures de marche ?

— Non.

— Parce que là, dans l'allée dehors avec le plateau… Oh, punaise, tu vas te casser la g…

— Mais non ! lance Karen, sûre d'elle, oubliant ses cascades en série de la veille. Ne t'en fais pas, tout va bien se passer !

— Attends, on va le mettre sur le chariot de service. Franchement, je préfère !

Dans un coin de la pièce, le barman attrape une table roulante à deux étages et dépose le plateau dessus. Il le fait rouler jusqu'à la sortie.

— Viens ! C'est par là !

Jules et Karen sortent de l'hôtel par l'entrée de service.

— C'est là, sur la droite. Je te laisse. Vas-y vite ! Monsieur Hubert est sur la terrasse de l'autre côté… Il ne peut pas te voir…

— OK, je suis partie, lance Karen en poussant le chariot, le plus élégamment possible.

Le pot de café tremblote un peu. Le jus d'orange aussi. Pour une fois, Karen fait attention où elle met les pieds : hors de question de faire un vol plané avec le petit déj de Mariani. Elle a froid et se met à chanceler comme les récipients sur le plateau. De la vapeur blanche s'échappe de sa bouche, elle inspire et expire fort.

Karen met plusieurs minutes à parcourir les vingt mètres mais, enfin, elle arrive entière avec le plateau devant le chalet numéro cinq. Elle frappe à la porte ; si elle n'entend pas de réponse, elle se servira du pass. Elle aimerait n'entendre aucune réponse ; si seulement elle pouvait être seule, histoire de fouiller un peu, mais un « J'arrive ! » franc et massif se manifeste derrière la porte. C'est une voix féminine. La porte s'ouvre. Effectivement, de jolies boucles brunes encadrent son visage angélique, ses yeux noisette surmontés de longs cils bruns témoignent d'un esprit plutôt alerte et vif, sa bouche n'est que sourire. Elle porte un peignoir blanc de l'hôtel.

Je suis sûre qu'elle est corse aussi, celle-là, pense Karen en poussant son chariot à l'intérieur du chalet. La table basse du salon est envahie de partitions de musique et de bouteilles de bière vides. Visiblement, il y a eu une réunion de musiciens ici, la veille. Karen prend soin de ne pas rouler sur des carnets de musique tombés sur l'épais tapis.

— On va le mettre dans la chambre, si vous voulez bien ? propose la brune en peignoir, en lui désignant l'entrée de la pièce.

— Bien sûr, répond Karen, en avançant son chariot.

C'est à ce moment qu'elle le voit. Il est de profil. Jimmy Mariani est assis dans un fauteuil face à la fenêtre qui offre une vision splendide de ciel bleu, montagnes blanches et sapins verts. Elle reconnaît sa tignasse brune, pas encore peignée, et sa barbe de trois jours. Il est vêtu d'un tee-shirt blanc et d'un pantalon gris léger, qui doit lui servir de pyjama. Le portable collé à l'oreille, il semble plongé dans sa conversation et n'a pas levé un sourcil vers Karen et son petit déj.

— Jusqu'au 27, chérie. Je te l'ai dit ! lance Jimmy Mariani de son fauteuil.

Tiens, il y a une autre chérie au bout du fil ? se demande Karen en poussant le chariot derrière lui. La brune en peignoir n'a pas l'air d'en prendre ombrage et affiche toujours son sourire radieux tandis qu'elle rabat la couette sur le lit pour que Karen puisse déposer son plateau. Karen soulève le plateau et se concentre pour le déposer proprement. Ce serait idiot d'être arrivée jusque-là sans encombre pour tout renverser sur la couette maintenant. La brune est repartie, laissant la porte ouverte. Karen entend le chanteur rire au téléphone, ponctuant sa conversation de quelques phrases en corse. Karen scanne la chambre de son regard affûté. Ce qu'elle recherche ne doit pas être loin. Un gros anorak noir est posé sur le dossier de la chaise, face au petit bureau de bois blanc. Voilà ce qu'elle aimerait fouiller : cet anorak pourrait très bien renfermer la pièce à conviction. C'est probablement dans son portefeuille… Karen s'en approche doucement mais la brune réapparaît comme un coup de vent dans l'embrasure de la porte :

— Vous pourrez prendre les serviettes dans la salle de bains ? demande-t-elle. Celles qui sont par terre ?

— Bien sûr, murmure Karen.

— Et en apporter d'autres ?

— Bien sûr.

Karen se dirige dans un petit couloir accolé à la chambre qui donne sur la salle de bains. Elle ramasse les serviettes sur le carrelage. *Je ne pourrai jamais pas fouiller tranquille, si ces deux-là sont présents,* songe-t-elle. *En même temps, s'ils vont dehors, il y a de grandes chances pour que Mariani embarque son anorak. Fuck, je n'ai pas d'issue !*

Karen sort de la salle de bains et dépose les serviettes sur l'étage inférieur du chariot.

— Non, je suis avec Cha-Cha, dit Mariani au téléphone. Attends, dis-lui bonjour.

Le chanteur met son téléphone sur haut-parleur. La brune bouclée s'approche de lui et de son iPhone :

— *Bonghjornu Lili ! Cumu và ?* lance-t-elle.

— Ça va, *tranquillu* ! répond la voix dans le téléphone.

— Il paraît que t'as eu les encouragements sur ton bulletin trimestriel ? demande la jeune femme en peignoir.

Derrière eux, poussant son chariot sans bruit, Karen se souvient alors que Mariani a une fille de quatorze ou quinze ans.

— Ouaip ! répond la voix adolescente. Trop contente ! Et, au fait, Cha-Cha…

— Oui ?

— Tu te rappelles quand je t'avais dit que je la sentais trop bien, l'interro surprise en français !

— Oui…

— Eh ben, on l'a eue ! Le dernier jour à la dernière heure ! Juste avant les vacances, bim !

— Tu t'en es bien sortie ? veut savoir son père.

— Mouais, bof… On verra. Il y a une question, franchement, je n'ai pas su répondre…

— Laquelle ? demande le chanteur.

Grésillements. Voix entrecoupée.

— Répète chérie, je n'ai rien compris ! lance Jimmy Mariani.

La voix adolescente articule :

— Quels vêtements, devenus à la mode, a lancés l'écrivain Colette ?

— Le col Claudine ! répond Karen du tac au tac, devant la porte.

Comme une ombre, hein ? Elle se mord la lèvre, voudrait disparaître, là maintenant, avec son chariot et ses serviettes sales. Jimmy Mariani tourne enfin la tête et cherche d'où vient cette voix. En la découvrant, il affiche un regard étonné. La brune aux jolies boucles s'est arrêtée, elle aussi, pour observer Karen. Silence dans le salon, même la gamine au téléphone ne dit plus rien. Ils attendent la suite ? Bon OK.

— C'est le petit col rond d'un certain type de robe, explique Karen. Une robe d'écolière, bonne élève. En fait, il était sur la couverture de *Claudine à l'école*, le premier roman de Colette paru en 1900. Par la suite, c'est devenu un accessoire de mode.

Audrey Hepburn le mettait beaucoup dans les années cinquante…

— T'entends, Lili ? reprend le chanteur dans son iPhone.

— Ouaip ! répond la voix adolescente. C'est qui ?

N'ayant aucune envie de savoir comment ces deux-là vont la présenter, Karen ouvre la porte, tire son chariot d'une main et s'enfuit dans l'allée.

Elle retrouve Jules dans la cuisine des employés et lui rend son chariot et sa clé. Karen n'a pas eu accès à ce qu'elle voulait. En plus, les deux l'ont bien vue, Karen leur a même parlé. C'est un demi-échec si on veut être honnête mais elle n'entre pas dans les détails, remercie Jules et lui refile les serviettes pour la femme de chambre. Purée, 600 balles pour ça. Et maintenant, hors de question de croiser Mariani, en plus ! Karen a promis qu'elle irait se cloîtrer… Quelle barbe, il fait si beau !

La jeune femme remonte dans sa chambre, un peu dépitée. Elle s'installe au petit bureau pour commencer à écrire son papier sur le chanteur.

Le soir, elle commande des œufs brouillés dans sa chambre et passe une bonne soirée, bien calme, en enchaînant tous les documentaires de la chaîne « Histoire ».

Karen ne ressort que le surlendemain après-midi et juste à l'arrière de l'hôtel, pour ne croiser personne, prendre un bon bol d'oxygène pur, s'allumer une cigarette et mater le mont Blanc. Elle appelle Célia aussi, pour lui dire qu'elle va rentrer plus tôt. Karen lui fait part des derniers événements. Avec ou sans le scoop, le sujet sur Marlani est maintenu sur la chaîne. Il est avec une nouvelle nana, une brune bouclée, assez jolie, corse comme lui. Elle s'appelle Cha-Cha, probablement une Charlotte, ou Charlène, il faudra trouver. Célia lui répond qu'elle va se renseigner de son côté. Karen raccroche quand, subitement, un type court devant elle et se cache derrière un tronc d'arbre. Elle entend des rires et des éclats de voix. Elle a à peine le temps de tourner la tête et d'apercevoir un groupe de gars turbulents qu'une grosse boule de neige s'écrase sur sa tempe gauche. Un type frisé dans la quarantaine, en jean, ceinturon et santiags, qui a dû penser que le massif du Mont-Blanc était au Texas, se précipite vers elle et s'excuse platement.

— Oh, désolé, je ne vous ai pas fait mal ? Je suis navré ! C'est l'autre idiot que je visais, dit-il en désignant son copain, le type hilare ayant réussi à fuir derrière le sapin juste avant le lancer de boule…

— Ce n'est pas grave, marmonne Karen en sortant un paquet de mouchoirs de sa poche pour s'essuyer la joue.

Ils sont cinq et se rapprochent d'elle. Cinq types dans la force de l'âge, ayant l'air bien dissipés et agités. Ils s'avancent et l'entourent en demi-cercle. Karen est sur ses gardes. L'entrée de service n'est pas loin, si jamais elle a besoin de hurler, elle espère vivement que Jules ou tout autre employé pourra l'entendre…

— Mais regardez qui est là ? dit une voix grave. C'est ma serveuse préférée, spécialiste de Colette !

Jimmy Mariani affiche un sourire blanc comme l'environnement. Il laisse tomber la capuche de son anorak et enlève ses lunettes de soleil tandis que Karen ôte la neige de son œil gauche avec un kleenex.

— Ah, c'est vous ! lance Karen, tétanisée. Je ne vous avais pas vu arriver…

— Je vous prie d'excuser Dudu, dit Jimmy Mariani en mettant une petite tape derrière la tête du frisotté en santiags. Il est meilleur à la guitare qu'au lancer de boules de neige, hein ? T'as dit pardon, Dudu ?

— Mais oui ! répond celui-ci, contrit, ôtant un peu de neige tombée sur l'épaule de Karen.

— On a fait une pause pour le déjeuner et, là, on retourne répéter, explique Mariani. Je vais chanter ici, le soir de Noël.

— Eh oui, marmonne Karen, en tapotant son œil avec son mouchoir.

Mariani lui présente alors ses musiciens : Alain au piano, Dudu à la guitare, Marc à la basse et aux platines, Simon à la batterie et aux percussions en général. Karen serre la main à tout le monde dans un sourire figé. Effectivement, ces visages ne lui sont pas inconnus, elle possède une multitude de photos de Jimmy en concert, pour ses montages vidéo. Elle reconnaît peu à peu ses musiciens.

Le petit groupe se dirige vers l'entrée du personnel où ils rejoignent le salon bibliothèque pour leurs répétitions.

— J'ai été triste de ne pas vous voir ces derniers jours, glisse Mariani à l'oreille de Karen, en entrant dans l'hôtel. Je me disais : elle a disparu, ma serveuse-spécialiste-de-Colette…

— Ah, ah, non, non pas du tout. J'étais, heu… dans le coin, répond Karen avec un petit rire gêné.

— J'ai même regardé au restaurant si je ne vous voyais pas, tout à l'heure…

— Ah bon ? s'étonne Karen, flattée.

— Vous ne faites que les petits déj, ici ? demande le chanteur.

— Oui. Non, en fait, je fais essentiellement les services en chambre et en chalet. Je suis en renfort pour le mois, enfin pour la période de Noël, parce qu'il y a beaucoup de monde…

— D'accord, dit Mariani. Vous savez que j'ai travaillé dans un hôtel quand j'étais jeune ?

— Ah ? demande Karen.

— Oui, j'étais prof de tennis dans un quatre-étoiles à Cargèse, en Corse, près de chez moi…

— Ah, je ne savais pas, dit Karen.

Tiens, elle va le noter, ça.

— Et sinon, reprend Jimmy Mariani, quand vous n'êtes pas en renfort, ici, vous êtes serveuse… ailleurs ? Ou vous faites carrément autre chose ? Ou c'est juste alimentaire parce que vous écrivez ? Comme Colette… Je parie que vous avez fait des études de lettres et…

— Ça vous ennuie si je vous regarde répéter ? Juste un peu ? le coupe Karen.

— Non pas du tout, vous pouvez rester aussi longtemps que vous voulez, consent-il dans un sourire.

Karen passe trois heures à le regarder chanter, à l'écouter et oublie tout. Mariani a la voix de la passion ardente, puissante, chaleureuse et émouvante. Il peut chanter un tube avec force et énergie et, l'instant d'après, enchaîner tout en tendresse et douceur. Même si elle reste assise devant la petite scène improvisée de ce salon d'hôtel, elle a l'impression de vivre un véritable voyage émotionnel. Elle adore quand il fait le pitre en imitant Frank Sinatra sur *Jingle Bells* ou *Let It Snow*, quand il joue au crooner méditerranéen et se déhanche très sensuellement, elle est transportée quand il entame une chanson corse de son dernier album avec ses sonorités particulières et ses accents spécifiques. Elle n'est plus près du mont Blanc mais au Monte Cinto sur l'île de Beauté. Elle oublie complètement de sortir son portable pour filmer des images inédites qui auraient pu lui servir pour son émission spéciale. Elle était venue pour ça mais cette idée s'est échappée dès que les premières notes de musique ont résonné dans la grande pièce. Pourtant, les cuisines étant à côté, quelques employés ont poussé la porte en entendant les chansons et ont sorti leurs portables, eux, pour prendre Mariani en pleine répète, mais Karen, elle, n'y pense plus…

En fin d'après-midi, alors que les musiciens remballent leur impressionnant matériel, Mariani descend de son estrade et vient la retrouver. Ils ont échangé bien des sourires pendant certaines chansons.

— Ça va ? demande-t-il. Ça t'a plu ?

— Oh…

Elle voudrait disserter sur sa maîtrise technique, sa capacité à exprimer une large palette d'émotions… Mais de sa bouche ne sort que :

— Votre timbre est chaud et velouté… Comme un potage, c'est de la soupe de potiron… quand on a froid.

Le chanteur l'observe et se demande si c'est un compliment. Karen aussi tout compte fait. Elle souffle sur sa mèche blonde qui lui tombe dans l'œil pour se donner une contenance.

— C'était génial ! reprend-elle, décidée à aller au plus simple. Vraiment top… J'ai adoré. C'était un moment suspendu, une vraie merveille…

— Ah bon, dit-il, rassuré. Je suis heureux…

Les musiciens annoncent qu'ils vont rapporter certains instruments au chalet, puis vont aller au bar, juste après. Jimmy répond qu'il les rejoindra, il a envie d'une bière. Il se retourne vers Karen.

— Vous travaillez ce soir ? Faut-il que je demande à la direction si je peux vous enlever ?

— Hein ? Ah, euh… Oui. Non… Quel jour on est ? Il est quelle heure ? demande Karen, dont le retour sur la planète Terre s'effectue avec secousses.

Mariani éclate de rire.

— On est mercredi…

— Non, pas ce soir, quartier libre ! improvise-t-elle.

Ce qu'il y a de bien avec les emplois fictifs, c'est qu'on décide soi-même de son agenda fictif.

— Dans ce cas-là, on peut dîner ensemble ? propose le chanteur. C'est le moins que je puisse faire pour me faire pardonner de la boule de neige envoyée par mon musicien…

— Vous êtes largement pardonné depuis longtemps, mais avec joie ! laisse-t-elle échapper.

Subitement, elle pense à la brune qu'elle a vue en sa compagnie.

— Et Cha-Cha ?

— Cha-Cha ? Elle dîne avec mon régisseur, ce soir, répond-il le plus naturellement du monde. Ils vont se faire une fondue au village…

— Ah, OK.

— Ils sont partis skier ensemble toute la journée, je ne sais pas s'ils sont rentrés ou pas, ajoute-t-il, en sortant son portable de sa poche arrière.

Que sont-ils, tous les deux, un couple libre ? Super libre, libéré et libertaire ? Genre : « Tu dînes avec mon régisseur et moi, je dîne avec la serveuse. » Et puis après, on se retrouve tous à la boîte à touze pour un bon verre de vin chaud ?

Quel plan lui fait-il ? Elle ne sait pas trop, mais après ses longues soirées devant la chaîne Histoire, elle s'abstient de toute question. Mariani propose à Karen de le retrouver à son chalet à vingt et une heures, il va lui préparer ses tagliatelles maison sauce citron et parmesan… Karen accepte avec bonheur, espérant vivement que ce ne soit pas un code pour amateur de clubs échangistes.

***

Après un bain chaud, une légère séance de maquillage et un brushing, Karen se présente à l'heure au chalet de Jimmy Mariani. Elle est à la fois agréablement surprise par la sensation douce qu'elle éprouve quand elle est à côté de lui et contrariée par son attitude, par son imposture. Dans quelle galère s'est-elle encore jetée la tête la première ? Il faut qu'elle lui dise qui elle est vraiment.

Karen n'a pas prévu dans sa valise de petite robe ni de haut un peu décolleté. Dans son esprit, « vie à la montagne » et « tenue sexy » ne vont pas ensemble. Ils ont chacun des vies parallèles et ne se mélangent jamais. Aussi a-t-elle pioché dans sa valise un pantalon sombre aux reflets brillants, un col roulé rose pâle et enfilé ses éternelles bottines noires, qui, elles, auraient mieux fait de rester à Paris avec les tenues sexy.

Elle frappe à la porte derrière laquelle elle entend des vocalises. Mariani lui ouvre avec un torchon sur l'épaule. On dit que seuls les Italiens cuisinent en chantant mais Karen découvre que les Corses aussi.

Le chanteur est en chemise blanche, barbe très courte, cheveux noirs en pétard, regard sombre où se mêlent la curiosité, la confiance en lui et une certaine tendresse pour les autres. Mais c'est son sourire qui enchante Karen. À la fois innocent et amusé, il a gardé tous les éclats de l'enfance. Le chanteur la fait entrer dans l'atmosphère chaleureuse du salon cuisine, tout de bois revêtu. Karen pose son sac et enlève sa doudoune en remarquant que c'est mieux rangé que la dernière fois. Mariani s'esclaffe en déclarant :

— Tu sais que je ne connais même pas ton prénom ? Comme pour moi, t'étais la serveuse-spécialiste-de-Colette, dans ma tête, quand je pensais à toi, je t'appelais Colette…

— Karen, dit-elle.

— Karen, répète-t-il.

— Vous avez souvent pensé à moi ?

— Un peu, oui. Je t'ai trouvé drôle, la dernière fois… Et belle, en plus ! On peut se tutoyer ?

— Bien sûr ! dit-elle en ressentant des picotements dans la nuque. Oh, vous avez fait des courses ? Heu, tu as fait des courses, je voulais dire, lance-t-elle en le découvrant le bazar dans la cuisine ouverte sur le salon.

— Non, ce n'est pas moi… Je ne descends pas à la station, je ne préfère pas.

— Ah bon ?

— Non, j'adore les gens, tu sais, ce n'est pas le problème, mais tout ce qui est boutiques, supermarchés ou centres commerciaux, c'est non. Être harcelé pour des selfies quand tu es en train d'acheter du PQ…

— Oui, effectivement…

— Et on m'a prévenu qu'il y avait des paparazzis à la station.

— Tu crois ?

— Heureusement, ils ne sont pas dans l'hôtel, dit-il en lui servant un verre de vin blanc.

— Ouf ! c'est déjà ça, répond Karen en attrapant son verre.

L'envie de lui révéler qui elle est réellement vient de s'échapper, elle fait une sortie de corps et voltige dans la pièce comme l'âme d'un défunt en les regardant depuis le plafond. L'envie se demande si elle doit revenir, si on a encore besoin d'elle, ou si elle peut partir définitivement. À son grand soulagement, Jimmy change de sujet et lui raconte des anecdotes sur la tournée qu'il entreprend dès le mois de février. Assise derrière le bar, Karen l'écoute, rit de ses histoires et les commente. Elle aime le regarder, même quand il est de dos, son torchon sur l'épaule et qu'il surveille la cuisson des pâtes.

Elle aussi connaît plein d'anecdotes amusantes sur des journalistes, éditorialistes, écrivains ou artistes mais elle peut difficilement les transposer dans le milieu hôtelier, alors Karen répond aux questions du chanteur en s'inventant une vie de serveuse avec ses joies, ses peines et ses projets. Elle brode au fur et à mesure comme si elle créait un personnage de roman, dont le caractère serait proche du sien. Si une question l'embarrasse, elle a un don pour esquiver, changer de sujet et disserter sur la dernière série qu'elle a vue ou le dernier roman qu'elle a lu.

— Tu lis beaucoup ? demande le chanteur.

— Oui, répond-elle.

— J'aime bien les filles qui lisent, renchérit-il.

— Moi aussi. Les gens qui lisent, en général, précise Karen en y incluant les hommes.

— Et j'aime beaucoup les filles qui écrivent aussi… en général, ajoute-t-il.

Mince alors, pour une fois qu'on me dit ça ! L'envie de tout lui révéler, qui virevolte toujours dans les airs, se manifeste : « Qu'est-ce qu'on fait ? Je reviens et on se lance ! » Mais Karen ne préfère pas. Elle s'imagine : « En fait, Jimmy, je suis journaliste, j'ai une chaîne sur l'actu des people et j'enquête sur toi… »

Non, tant pis. Elle choisit de rester dans son rôle de serveuse-femme de chambre qui dépose les plateaux le matin. Elle a peur de tout gâcher, que Jimmy change d'attitude, se fâche, la prenne par le colbac et la fiche dehors…

Mariani installe deux assiettes sur la table basse. Il s'arrête devant son ordinateur et la voix merveilleuse de Diana Krall, *The Look of Love*, sort de son enceinte Bluetooth sur la cheminée. Karen songe que l'ambiance peut difficilement être plus glamour qu'en cet instant. Elle ne peut pas fracasser cette magie, c'est impossible…

Le chanteur va vers la fenêtre, et s'arrête devant. Il semble observer quelque chose au cœur de la forêt de sapins saupoudrés de neige. Il se retourne et sourit, s'avance vers Karen et met son doigt sur ses lèvres, l'intimant au silence. Puis il la prend par la main et l'emmène dehors.

— Viens voir, chuchote-t-il.

Karen se laisse entraîner sur la terrasse du chalet où la température affiche un petit -4° C. Jimmy s'accroupit contre le mur en bois et Karen, sa main toujours dans la sienne, fait de même.

— Ils sont là, dit-il tout bas.

Karen se demande de quoi il parle. Elle ne voit que de grands arbres dans la nuit, doucement éclairés par les lumières du chalet.

— C'est moi qui ai mis le petit bol, reprend Jimmy. Il y a des noisettes, des noix, des amandes…

En baissant les yeux, Karen découvre le petit bol posé sur le sol, à un mètre de la terrasse en bois. Trois beaux écureuils roux, la queue en panache, se tiennent debout autour de l'écuelle et cassent la croûte avec délice. La manière dont les écureuils piochent les noix de leurs petites pattes pour les porter à la bouche est un spectacle adorable. Jimmy et Karen les observent grignoter à toute vitesse.

— Je n'en avais jamais vu d'aussi près, murmure Karen, ébahie.

— Ils sont craquants, hein ? chuchote Mariani.

— Totalement, acquiesce Karen.

Ce qu'elle trouve particulièrement craquant aussi, ce sont les hommes qui aiment les animaux, les respectent et en prennent soin. Ceux qui leur mettent des petits bols au pied des arbres arrivent dans le top five de son classement, soudainement.

— Ils viennent tous les matins et tous les soirs. On a ce petit rituel depuis que je suis arrivé, explique Jimmy.

Un des trois écureuils prend une poignée de noisettes dans le bol et repart avec, escaladant le tronc d'un sapin à une allure vertigineuse.

— Voilà un économe, un prévoyant, commente Karen en riant.

— Oui, mais il n'en reste plus pour les deux autres ! Chaque fois, il y en a toujours un qui fait ça ! Il en embarque une poignée pour les planquer Dieu sait où !

— Ça doit être toujours le même, commente Karen en se relevant.

Jimmy se redresse aussi.

— Tu as froid ? demande le chanteur.

— Un peu, avoue-t-elle.

— Viens là !

Il l'entoure de ses bras. Karen pose sa tête sur son épaule, en enserrant sa taille et une douce chaleur l'envahit. Elle pourrait passer du temps comme ça, collée contre lui. Beaucoup de temps. Son cerveau fabrique tellement d'ocytocine à cet instant qu'elle ne ressent plus ni la faim ni le froid. Elle relève la tête vers lui. Il plonge son regard dans le sien.

— Je peux t'embrasser ? demande le chanteur.

— Oui, murmure-t-elle dans un souffle.

— Non, parce que… on demande maintenant, nous, les garçons. Avec tout ce qui se passe…

— C'est oui ! coupe-t-elle.

Il avance ses lèvres vers les siennes, leurs bouches se rejoignent et leurs yeux se ferment, sous le scintillement des étoiles et le clair de lune.

— Hello ! Ouf, on est enfin arrivés ! Oh, là là, c'était épique ! s'écrie une voix féminine.

La surprise provoque une séparation des bouches et des corps. Karen se retourne et avise la brune en combinaison rouge qui déboule sur la terrasse. Elle est suivie par un type un peu chauve, dont la doudoune cache mal l'embonpoint. Il semble en pleine crise d'asthme.

— Ah, Cha-Cha, vous êtes déjà rentrés ? s'étonne Jimmy.

— Oui, on a dîné hyper tôt, je crevais de faim.

— On est remontés en raquettes, suffoque le type derrière elle en les posant sur la terrasse avec les bâtons.

— Oh, ça va ! En fait, on n'a fait que la moitié du chemin, le gars du resto nous a déposés en motoneige ! explique Cha-Cha. Mais il ne peut pas monter les derniers cent mètres, c'est trop raide. Du coup, on les a faits à pied. Hé, Gégé, arrête de tousser ! Je vais te dire : il fallait au moins ça pour dépenser les calories de la fondue !

La brune serre la main de Karen qui ne comprend plus rien. Elle ne sait pas si elle doit s'excuser ou partir en courant dans la forêt. Cha-Cha les a vus s'embrasser, pourtant, mais cela ne semble pas la perturber plus que ça. D'ailleurs, elle tend le poing à Mariani qui l'imite et tend le sien aussi. C'est comme ça qu'ils se saluent ?

— Tu as retrouvé notre spécialiste de Colette, commente dans un éclat de rire la brune en entrant dans le chalet.

— Mais oui, trop content ! répond Jimmy en envoyant une tape dans le dos de son ami. Ça va, mon Gégé ?

— Je n'en peux plus ! répond le régisseur comme s'il venait d'escalader le mont Blanc en espadrilles.

Ils rentrent tous les quatre dans le chalet. Karen ne sait plus où elle en est. Jimmy explique à « son Gégé » comment il prépare sa sauce citron parmesan pour les tagliatelles. Le chanteur ne paraît pas du tout embarrassé ou gêné, non, pas même dérangé ; la brune encore moins, puisqu'elle s'écroule dans le canapé et enlève ses après-ski… Au moins, il n'y a pas une once de scène de ménage à l'horizon.

— Chaton ! lance-t-elle du canapé.

Jimmy Mariani se retourne.

— Oui ?

— J'ai eu la Mamma au téléphone. Elle se plaint que tu ne l'as pas rappelé. Elle m'a dit qu'elle t'avait laissé deux messages…

— Oui, je sais. Je les ai eus, répond-il.

— Déjà que c'est la première fois que tu ne passes pas Noël avec elle, si en plus tu ne l'appelles pas ! le sermonne Cha-Cha.

— Je le fais demain sans faute, annonce Mariani.

Karen comprend enfin : ils sont frère et sœur ! Elle soupire, nettement soulagée. Tous ses muscles se détendent et son horizon s'illumine. Bien sûr qu'il a une sœur, ils ont trois ans d'écart, Karen le savait, mais elle n'avait jamais vu son visage.

Finalement, ils dînent tous les quatre dans les canapés autour de la cheminée. Une assiette de tagliatelles pour Jimmy et Karen, un verre de vin blanc en guise de dessert pour Cha-Cha et Gérard, le régisseur, qui se met vite à somnoler.

Karen écoute Jimmy et sa sœur discuter. Elle constate qu'ils ont les mêmes yeux sombres tous les deux, une grande facilité à se vanner et une tendresse indéfectible l'un pour l'autre. Le véritable prénom de la brune bouclée est Lucia (prononcer Louchia). Elle se fait appeler Cha-Cha depuis toujours et elle bosse avec son frère depuis son divorce. Il y a un peu plus d'un an, Jimmy l'a fait engager dans son staff où elle a vite trouvé sa place en tant qu'intendante-assistante. Karen comprend qu'elle s'occupe de tout.

S'ils évoquent la famille, leurs enfants qui sont en Corse avec *la Mamma*, à aucun moment ils ne parlent de ce qui intéresse Karen, de ce pour quoi elle est venue : leur père.

Jimmy Mariani a toujours déclaré dans ses interviews que ses parents étaient commerçants tous les deux. En réalité, seule la mère l'a été administrativement. Le père n'existait pas. Il est cette ombre qui plane. La personne que l'on cache depuis de longues années. Celui dont on n'a pas le droit de parler, un tabou, le secret que Karen s'apprêtait à briser…

Un peu avant minuit, Cha-Cha se lève, annonçant qu'elle va se coucher, ou plutôt poursuivre sa série du moment dans son lit. Elle se dirige vers une porte à l'arrière du salon et Karen découvre qu'il y a une deuxième chambre ici, ce qu'elle n'avait pas vu la première fois. Dans le canapé, le régisseur se redresse lui aussi, le cheveu rare en bataille, en déclarant que non, il ne s'était pas endormi, qu'il méditait sur la tournée à venir. Gégé se lève, les salue et part retrouver les musiciens dans le chalet d'a côté.

Karen et Jimmy se retrouvent à nouveau seuls.

— On en était où ? demande Jimmy en s'approchant d'elle.

De nouveau, il se penche vers elle et l'embrasse. Le feu s'éteint doucement, et si, dans la cheminée, les braises s'affaiblissent, c'est l'inverse qui se produit chez Karen. Elle est « on fire », shootée au désir, les hormones au plafond quand Jimmy l'embrasse de nouveau et qu'elle sent ses mains sur son corps. Il ne l'embrasse pas, « il l'embrase ».

— Tu restes avec moi ? murmure-t-il.

— Oui, répond-elle dans un souffle.

Il la prend par la main. Ensemble, ils font les quelques pas qui le séparent de la chambre.

— Non, parce que… on demande maintenant, nous, les garçons. Avec…

— C'est oui ! coupe-t-elle.

Il l'embrasse et la fait basculer sur le lit.

3

Les petites notes annonçant l'arrivée d'un SMS la réveillent. C'est son portable, il est dans son sac au pied du lit. Karen s'étire dans l'immense lit douillet, les rideaux laissent entrevoir un peu de lumière du jour dans la chambre. Jimmy est à côté d'elle, il dort encore sur le ventre, la tête tournée de l'autre côté. Karen regarde ses épaules nues qui dépassent du drap, elle a déjà envie de les croquer. Au lieu de ça, elle s'avance doucement vers le bord du lit et plonge la main dans son sac. Le SMS vient de Célia.

> Cha-Cha n'est pas sa meuf mais sa frangine, je l'ai vue dans un *Cinquante Minutes Inside* sur Mariani. Elle bosse avec lui maintenant. Ce qui fait qu'on n'a RIEN. On n'a même pas une micro-nouveauté le concernant. Regarde si tu ne peux pas avancer sur le scoop de départ, ce serait bien… qu'on ait un truc, au moins !!

Karen soupire, balance son portable dans son sac et se rallonge. Elle regarde le plafond. Elle ne sait plus ce qu'elle veut. Faire sa vidéo, sauver sa chaîne ou…

Ou quoi d'ailleurs ? Peut-elle vivre une véritable histoire avec lui ? Certes, ils se plaisaient, ils ont été tout de suite attirés l'un par l'autre, mais, et après ? Il se passe quoi, après ? Karen se connaît par cœur : elle est déjà tombée amoureuse de lui, à 16 h 42, la veille pendant ses répétitions, alors qu'il accomplissait une prodigieuse montée de voix sur *I Will Always Love You*, une reprise de Whitney Houston. Déjà, reprendre cette chanson, il faut oser ! Mais il s'en est incroyablement bien sorti, se l'appropriant, créant un effet très personnel. À ce moment-là, Karen a senti toutes ses barrières tomber une à une comme des dominos. Par la suite, et durant toute la soirée, ses sensations et sentiments n'ont fait que monter en puissance. Mais lui, il ressent quoi exactement ? Si ça se trouve, il s'en tape pas mal des serveuses et autres employées d'hôtel. Il va partir en tournée, combien d'autres filles va-t-il croiser dans ses palaces ? Sur lesquelles va-t-il flasher, encore ?

Karen songe que cette histoire, son histoire, aussi insolite et intense soit-elle, a peu de chances de durer dans le temps, si on veut être honnête. Elle est condamnée à souffrir. De surcroît, Jimmy ne sait même pas qui elle est vraiment…

Elle se lève tout doucement, sans faire bouger les draps et s'extirpe du lit. Sans un bruit, elle retrouve ses sous-vêtements, les remet et enfile son tee-shirt qui traîne sur la moquette. C'est de sa carte d'identité dont elle a besoin. Elle doit voir ce qui est écrit dessus. L'anorak de Jimmy est toujours sur la chaise du bureau, son portefeuille doit être à l'intérieur.

Au bout de trois pas, elle se cogne contre une commode Second Empire collée au mur, près de la fenêtre. Elle se retourne. Le bruit sourd ne l'a pas réveillé. En revanche Karen, elle, dérouille en silence, c'est le petit doigt de pied qui a heurté le bas du meuble. Elle s'approche de l'anorak et plonge doucement sa main… rien dans les poches externes. Elle regarde alors dans la poche interne droite et sent un objet. C'est bien le portefeuille. Elle l'ouvre très vite à la recherche de ses papiers, permis de conduire ou carte d'identité. Un bruit dans le lit la fait se retourner, Jimmy vient de changer de place, il s'est mis sur le côté, embarquant la moitié de la couverture avec lui, elle reste immobile quelques secondes. C'est bon. Elle trouve sa carte d'identité et la sort : Mariani-Fiorini. Mariani est à la fois son nom d'artiste et le nom de jeune fille de sa mère, Karen le sait. La preuve qu'elle cherchait, c'était l'autre nom, le patronyme. De toute évidence, il est bien le fils de Pierre-Ange Fiorini. Un bruit dans le lit. Il bouge. Elle virevolte dans sa direction et attend quelques secondes. Il dort. Elle se retourne et range très vite la carte d'identité, mais son regard se lève sur l'entrebâillement de la porte et elle découvre avec horreur le visage de Cha-Cha qui l'observe, dans un peignoir blanc de l'hôtel, un mug de café à la main. Son regard étonné passe de l'incompréhension à la déception, de la consternation à l'attaque, ou plutôt à la défense de *la famiglia*.

— Je peux savoir ce que tu fais ? dit-elle en poussant la porte de la chambre.

— Euh… Attends, je sais que ça a l'air…

— Repose ce portefeuille, s'il te plaît. Tu le remets où tu l'as trouvé…

N'ayant plus aucune confiance, elle préfère le faire elle-même et arrache le portefeuille des mains de Karen.

— Cha-Cha, ce n'est pas du tout ce que tu crois, je peux tout expliquer…

— Tu as pris de l'argent ? demande Cha-Cha.

— Mais pas du tout, ça ne va pas ! Jamais je ne ferais ça ! J'avais juste besoin de voir un truc sur sa carte d'identité…

— Qu'est-ce que tu racontes ? s'écrie Cha-Cha.

Son ton vient de monter de quelques décibels.

— Chut ! supplie Karen. Je ne suis pas serveuse, en fait, je suis…

— Pute de luxe ? Dans les grands hôtels ?

— Mais pas du tout ! Non mais… Je ne vous permets pas…

Cette fois, les éclats de voix ont raison du sommeil de Jimmy qui se redresse dans le lit et se frotte les yeux pour découvrir sa copine et sa sœur en pleine tension.

— Il est quelle heure ? dit-il d'une voix rauque. Qu'est-ce que vous foutez, toutes les deux ?

— Elle était en train de fouiller dans ton portefeuille, s'écrie Cha-Cha. La porte n'était pas fermée, je passais devant et je l'ai prise en flag !

— Non, attendez ! s'exclame Karen, ce n'est pas du tout ce que vous croyez, j'ai simplement…

— Je vais appeler Monsieur Hubert, annonce Cha-Cha. Il faut qu'il prévienne la gendarmerie !

Oh purée, pas le croque-mort ! songe Karen. *La gendarmerie ? Pourquoi pas le GIGN tant qu'on y est !*

Cha-Cha sort d'un pas décidé de la chambre et se dirige vers le téléphone de l'hôtel, posé sur une console en bois dans le salon. Jimmy bondit alors du lit et la poursuit en caleçon. Il n'a pas eu un regard pour Karen, mortifiée, en pleine crise d'angoisse. Elle voudrait bien expliquer mais il lui faudrait du calme et du temps. Précisément ce qui lui manque.

— Cha-Cha, attends ! s'écrie Jimmy.

— Non ! Je n'attendrai pas. On l'accueille chez nous à bras ouverts et elle nous vole au petit matin pour nous remercier.

La Cha-Cha s'est transformée en héroïne de vendetta, subitement. C'est Colomba de Prosper Mérimée. L'honneur de la famille avant tout. Karen enfile ses chaussettes et son pantalon à toute vitesse. À présent, le ton monte dans le salon entre le frère et la sœur : Cha-Cha veut rameuter le directeur, prévenir tous les clients et en informer jusqu'au Premier ministre, Jimmy aimerait avoir son mot à dire. Il voudrait qu'elle se calme et qu'ils puissent discuter, et surtout comprendre ce qu'il se passe. Dans la chambre, Karen attrape son col roulé et ses bottines. Elle a envie de disparaître, là, maintenant. Sa doudoune est dans le salon, mais elle n'ose plus affronter leurs regards, c'est au-dessus de ses forces. Heureusement, son sac est près d'elle. Tant pis pour sa doudoune, allez hop, elle part en pull. Karen tire les rideaux et ouvre la fenêtre de la chambre, elle monte sur le radiateur et escalade le rebord de la fenêtre. L'air glacial la transperce jusqu'à la moelle des os, elle saute sur la terrasse et s'esquive rapidement. Elle hâte le pas dans l'allée des chalets ; malheureusement, celle-ci est jonchée de plaques de givre, Karen glisse sur le verglas et retombe sur le dos. C'est le début d'une bonne journée, elle le sent.

Elle remonte dans sa chambre, brisée, elle a mal aux côtes mais l'angoisse qui lui noue l'estomac est plus douloureuse encore que les hématomes dus à sa chute. Elle prend un bain chaud, se lave les dents, se sèche les cheveux et enfile des vêtements propres. Elle ôte les autres des cintres de sa penderie pour les fourrer dans sa valise. Il faut qu'elle parte au plus vite, qu'elle change son billet de train. Fuir, la honte au ventre… Le téléphone de l'hôtel sonne sur la petite table de nuit. Karen s'arrête et l'observe, c'est la sonnerie de sa montée à l'échafaud. C'est l'heure. Elle s'approche lentement et décroche :

— Allô, dit-elle d'une voix d'outre-tombe.

— Bonjour, c'est Nour, à l'accueil. Mademoiselle Lilas, pouvez-vous descendre à l'accueil ? Monsieur Hubert aimerait s'entretenir avec vous… dans son bureau…

— Maintenant ?

— Oui, s'il vous plaît ?

— Bon, bon. J'arrive.

Karen descend. Lucia Mariani a dû faire un beau scandale, Nour a le visage fermé quand elle la conduit dans un bureau où est écrit « Direction » sur la porte. Une situation qui lui rappelle ses visites chez le dirlo quand elle était en pension. Monsieur Hubert a le look d'un majordome anglais de la fin du XIXe siècle. Assez intimidant derrière son bureau en bois brillant, toujours en costume sombre, il ne se lève pas à son entrée mais lance un sévère : « Asseyez-vous ! » auquel Karen obtempère en silence.

— Mademoiselle Lilas, j'ai un souci, voyez-vous. Il paraît que vous êtes serveuse chez nous, spécialisée dans les petits déjeuners, en plus, dit-il en levant les yeux au ciel, et mon problème, c'est que je ne vous connais absolument pas.

— Oui, c'est un souci. Non, mais, je comprends…

— Vous vous êtes introduite chez M. Mariani sous cette fausse identité, vous avez… sympathisé avec lui, reprend Monsieur Hubert en toussotant, et en avez profité pour le voler au petit matin, m'a-t-on révélé…

— Oui, alors non, en fait…

Karen lui explique alors qui elle est vraiment : sa chaîne YouTube, spécialisée dans l'actu people, les bons *gossips* et les scoops inédits. Certes, elle a fouillé dans les affaires du chanteur, mais pas pour lui prendre son argent, pour voir son nom, son vrai nom. Le patronyme. Et elle l'a vu. Enfin.

Monsieur Hubert passe sa main dans ses cheveux clairsemés, son visage est toujours aussi sévère et impassible.

— Je peux savoir en quoi son vrai nom vous intéresse ? demande-t-il.

— Il est le fils de Pierre-Ange Fiorini ! Un des plus grands mafieux corses, un parrain du grand banditisme qui vient de prendre perpétuité avec vingt-deux ans de sûreté ! Il est aux Baumettes à Marseille ! Il fait un ramdam de tous les diables car il veut absolument être transféré dans une prison corse. Il dit qu'il est le père de Jimmy, il espère que ça va jouer en sa faveur. Jimmy n'est jamais allé le voir pour l'instant, mais l'info est arrivée à nos oreilles à PIAGG. Ce qu'on ne sait pas, c'est si Pierre-Ange Fiorini est resté en contact avec ses enfants, sa mère est partie quand Jimmy avait cinq ans, elle s'est réfugiée à Cargèse dans sa famille avec ses mômes. Mais vous imaginez pour nos émissions ? Jimmy Mariani, grande figure de la lutte anti-drogue auprès de la jeunesse, est le fils du plus grand trafiquant de cocaïne de Bastia à Corte, ça vaut son pesant d'or, cette histoire, non ?

— Je vois, soupire Monsieur Hubert. Mais je dois vous l'avouer, vous avez des façons de procéder qui me donnent la nausée.

Karen se penche et attrape dans son sac les feuilles sur lesquelles elle avait écrit le texte pour son émission spéciale.

— Son vrai nom, c'est Jean-Michel Mariani-Fiorini. Quand il était petit, tout le monde l'appelait par ses initiales : JM, après c'est devenu Jim et ensuite Jimmy. Bon ça, on sait, il l'a toujours raconté… Mais attendez, dit-elle en mouillant son doigt pour tourner ses pages où se mêlaient ses brouillons avec le propre, ça y est je les ai : ce sont les chefs d'accusation du Padre Fiorini, accrochez-vous à votre fauteuil et mettez votre ceinture, ça va secouer ! Je vous lis le CV : extorsion de fonds, corruptions d'élus, assassinats – quatre au moins qui sont prouvés. Toujours par l'intermédiaire de jeunes gars à scooter, avec casques intégraux et pistolets Glock 26. Trafic de stupéfiants, donc, blanchiment d'argent, fraude fiscale et blanchiment de fraude fiscale, trucage de marchés public, fraudes aux subventions agricoles européennes et fraudes aux aides publiques !

Karen remet ses feuilles en ordre en les tapant à la verticale sur le bureau.

— Tout ça pour les quarante dernières années ou même plus ! ajoute-t-elle. Pas mal, non ? Aux États-Unis, il prendrait trois cent vingt-cinq ans de prison. J'imagine que si, moi, je vous file la nausée pour avoir vérifié une info, qu'en est-il de l'info elle-même ?

— Et moi, j'imagine que M. Mariani n'a pas très envie que ça se sache ?

— Je ne crois pas, non, répond Karen. Pour l'instant, il n'en a jamais parlé nulle part. Et personne n'a cherché jusqu'à présent.

Le directeur de l'hôtel se rengorge derrière son bureau :

— M. Mariani est notre client et pas n'importe lequel. C'est un client important que je dois protéger. En plus, il doit chanter ce soir, ici, pour nous.

— Je sais ça...

— M. Mariani n'est pas son père. Lui a choisi un métier artistique et l'exerce de façon admirable...

— Je sais ça...

— Je préfère le métier de M. Mariani au vôtre, mademoiselle.

— Je me doutais de ça...

— Mme Lucia, sa sœur, voulait que j'appelle la gendarmerie.

— C'est la meilleure de l'année, celle-là ! La fille de *Scarface* qui veut que...

— Taisez-vous ! J'étais parfaitement disposé à accéder à sa demande, figurez-vous, mais il se trouve que l'hôtel subit une catastrophe notoire, pire encore que votre arrivée ici.

— Ah ?

— Les télécabines des Deux Chamois sont en panne. À l'arrêt complet ! C'est épouvantable ! Nous attendions beaucoup de monde de l'extérieur pour le réveillon de ce soir, en grande partie grâce au concert de M. Mariani, mais je crains qu'un bon nombre de personnes restent bloquées à la station.

— Ah bon ?

— Mademoiselle, votre présence ici n'est plus désirée…

— Je vois, déglutit Karen.

Elle s'y attendait mais l'entendre est toujours choquant.

— Toutefois, comme les circonstances m'obligent à vous garder, puisque personne ne peut partir, j'aimerais que vous restiez dans votre chambre jusqu'à nouvel ordre. Je n'ai pas envie que M. Mariani ou sa sœur vous recroisent au détour d'un couloir. Ils sont assez bouleversés comme ça…

— Pfff, soupire la jeune femme.

— C'est une journée cauchemardesque pour moi aujourd'hui, reprend Monsieur Hubert. J'ai un million de problèmes ! dit-il en se massant le front entre les deux yeux.

— Si ça peut vous consoler, ça ne va pas fort pour moi non plus, avoue Karen. Moralement, je suis au fond de la mine et je pousse les wagonnets…

— Je vais retourner de ce pas au chalet, annoncer les dernières nouvelles aux Mariani… Leur dire qui vous êtes, l'informe-t-il en se levant de son fauteuil.

— Oui, je préfère qu'ils sachent la vérité, admet Karen. Je ne suis ni une voleuse ni une prostituée de luxe.

— Hélas, je crains que la réalité ne vaille guère mieux.

— Bah, tout de même. Ce n'est pas très aimable, ça. Je représente la liberté de la presse, liberté d'expression et…

— Fichez-moi le camp !

— OK.

Elle sort du bureau et se dirige vers le grand bar de l'hôtel où Jules sert des expressos aux clients qui vont partir sur les pistes. Quand le barman la voit, il lui fait signe de venir.

— Qu'est-ce qui se passe ? s'exclame Jules. Il paraît que t'as essayé de voler Mariani ? Tu m'avais promis…

— Mais pas deux secondes ! J'en ai marre d'entendre ça !

Karen lui répète ce qu'elle vient de révéler à Monsieur Hubert. Jules l'écoute, puis s'empare de son portable pour chercher à quoi ressemble le père de Mariani sur Google.

— C'est fou, cette histoire ! dit Jules. Et donc l'autre, c'est sa sœur, je n'aurais jamais cru…

— Et moi, je suis supposée être confinée encore ! lance Karen. J'en ai marre !

— Alors, comme ça, t'as passé la nuit avec lui ? C'était bien ?

— Jules, tu ne veux pas me faire un petit mojito ?

— Heu… Il est onze heures moins vingt !

— Oui et je suis la preuve vivante qu'on peut passer d'une journée de rêve de pure magie romantique à une journée de merde cauchemardesque et ce, en un claquement de doigts.

Une demi-heure plus tard, Karen remonte dans sa chambre. Elle pensait redormir un peu, mais elle a envie d'écrire à Jimmy. Elle a mal au ventre à l'idée d'avoir gâché son début de romance. Mais que dire ? Sous quel format ? Un poème, pourquoi pas ? Ce serait joli ? Après tous ces mensonges, doutes et trahisons. Oui, allons-y.

Karen s'installe au petit bureau, s'empare du bloc-notes de l'hôtel, sort un Bic quatre couleurs de son sac et écrit :

Même si tu n'es qu'un rêve, je ne te mentirai plus.
À cause de tes yeux radieux, de ton regard éperdu
Que jamais plus, ton œil ne se pose sur moi, déçu.
Je le veux tel qu'il est : lumineux, intrigué et ému

Tu es un rêve. Je ne te mentirai plus, c'est promis
À cause de ton sourire, qui irradie et devrait être interdit
Il pourrait faire fondre les glaciers de l'Antarctique
Plus vite, je pense, que le réchauffement climatique

Dans mes rêves, je ne te mentirai plus, je le sais.
À cause de toi, ton âme et ton art, tout me plaît.
Ç'aurait pu être que ta beauté mais c'est ta bonté
Qui me touche, me chavire et me fait trop d'effet

Même en rêve, je ne te mentirai plus. C'est sûr !
Parce que c'est à la fois si simple et pourtant si dur

De te dire : je t'aime. C'est déjà une telle aventure !
Si tu me reviens, je ne veux plus jamais de blessures.

Dis-moi oui, et ce sera vraiment un rêve, je te le jure.
K.L.

Elle relit et plie sa petite feuille pour la mettre dans une enveloppe à l'en-tête du Grand Hôtel du Val des Neiges. Elle attrape sa clé, claque sa porte et appelle l'ascenseur. *Je suis ri-di-cu-le !* pense-t-elle. *Grotesque, ma pauvre fille ! Des petits poèmes à ton âge !* Elle arrive dans le grand salon et se dirige vers le bar.

— Jules ? appelle-t-elle.

Le jeune trentenaire se dirige vers elle. Karen s'accoude au bar.

— Tu crois que tu vas voir Mariani, aujourd'hui ?

— Oui, je pense, répond le barman. Il reprend ses répètes vers quinze heures en général.

— Tu peux lui donner cette enveloppe en mains propres, s'il te plaît ? C'est important.

Important ou ridicule, faudrait savoir.

— D'accord. C'est ta lettre d'excuses ?

— Si on veut. Je n'ose pas la déposer au chalet devant la porte, sa sœur pourrait tomber dessus. Sans parler du directeur qui doit être en train de me pourrir et de leur faire de belles courbettes à eux deux.

— C'est probable, admet Jules en rangeant l'enveloppe dans la poche arrière de son pantalon.

— Je pense qu'ils sont au courant maintenant, de mon boulot, de ma chaîne YouTube, oh, là, là…

soupire-t-elle, en appuyant deux doigts sur son front pour chasser un début de migraine.

— Oui, répond Jules, ils ont dû aller voir sur Internet ce que c'était, s'ils ne connaissaient pas. Jimmy Mariani doit être anéanti…

— Oh, tu sais, toutes les émissions n'ont pas un ton mordant ou ironique, certaines sont juste standard, avec un ton normal, quoi…

— Ce que j'ai vu, c'était assez caustique quand même ! Disons : irrévérencieux.

— C'est mon mot préféré ! s'écrie Karen.

— C'est vrai ? J'ai hésité avec « facétieux » !

— J'aime bien aussi. Le pire, c'est Cha-Cha, je pense qu'elle doit préférer que je sois pute de luxe ou voleuse professionnelle plutôt que journaliste pour PIAGG… J'espère qu'elle n'a pas un flingue dans sa table de nuit, sinon je vais me prendre trois balles dans le buffet dans un très bref délai !

— Mais tu vas la faire la vidéo sur Jimmy ? Malgré tout ?

— Non, tout ça m'a donné à réfléchir. Si l'info sort, ça ferait plaisir au père et pas à Jimmy. Or je n'ai aucune envie de faire plaisir à ce type-là. Je préfère privilégier le fils et sa carrière. De toute façon, je ne suis plus très objective, j'ai un coup de cœur pour lui, énorme ! Enfin bref, si j'ai tout gâché… tant pis…

Karen regarde sa montre. Penser à autre chose, vite.

— Jules, je vais me préparer pour mon super réveillon toute seule dans ma chambre avec des œufs brouillés et la chaîne Histoire. Je sens que ça va être top !

Le barman la regarde s'éloigner avec tristesse. Elle a le cœur lourd, c'est une évidence.

Karen remonte vite dans sa chambre. À peine arrivée, elle prend deux cachets de mélatonine car elle veut dormir et ne plus rien ressentir. Elle vire sa valise du grand lit douillet et s'écroule dessus, espérant qu'un rattrapage de sommeil travaillera sur son mal de tête et redressera son moral.

Ça sonne et ça insiste. C'est le téléphone fixe de la chambre. Karen émerge, la bouche pâteuse, elle a dormi plus de trois heures. Elle rampe jusqu'à la table de nuit pour décrocher.

— Coucou, c'est Jules au bar. Je t'appelle pour te dire qu'il n'y aura pas de service en chambre, ce soir. Tout le personnel est réquisitionné pour le réveillon dans la grande salle du resto.

— Mais c'est pas vrai ! Déjà que le directeur voulait me mettre au pain sec et à l'eau ! Ce sera sans le pain, en plus !

— Karen, on fait des planches au bar, si tu veux. Avec tous les fromages de Savoie et Haute-Savoie qui existent, tu ne vas pas rester punie dans ta piaule ! rit-il.

— Tu lui as donné la lettre ? demande Karen.

— Oui… Il l'a lue. Bon, tu descends ? Je compte sur toi.

— T'es sûr ? Imaginer recroiser ce dirlo, après la séance d'humiliation de ce matin…

— Ne t'inquiète pas pour Monsieur Hubert. Il a accepté de dîner avec sa cliente préférée, ce soir ! Agatha de Bois Lagarde, tu ne l'as pas croisée ?

Une petite dame pleine de bijoux qu'il adore. Il est nettement de meilleure humeur. Je t'assure qu'il pensera à tout sauf à toi !

— Tu crois ?

— Sûr et certain.

— Ça m'embête, il y avait une soirée spéciale sur le Pacte germano-soviétique de 39 sur la chaîne Histoire, je me régalais à l'avance, ironise Karen.

— Allez, descends ! Je te fais une planche de Noël, rit Jules.

Une heure et demie plus tard, après un autre bain, un brushing et une séance de maquillage, Karen s'installe sur un haut tabouret du bar. Certains clients réveillonnent dans ce salon feutré autour de la cheminée mais la plupart sont dans la grande salle. Karen peut jeter un œil sur le resto car les deux battants de la porte sont ouverts. Débordante de décorations de Noël qui scintillent et clignotent, la grande salle lui semble bondée malgré le problème d'accès à l'hôtel. Jimmy n'a pas encore entamé son concert. Seul le brouhaha se fait entendre.

— T'es quand même mieux ici que confinée dans ta chambre, déclare Jules en l'accueillant au bar avec son nœud papillon bien mis.

— Ouais ? Je ne suis pas sûre, dit Karen en tournant la tête, prête à voir surgir un ennemi potentiel.

— Monsieur Hubert est en main, je t'ai dit…

— C'est à Cha-Cha que je pense, en fait. Elle m'a foutu les jetons, ce matin…

— Mais elle est partie ! Tu ne savais pas ?

— Quoi ?

— Oui, c'était prévu, elle devait passer Noël avec ses enfants et sa mère en Corse. En fait, il devait y avoir une voiture qui l'attendait à la station pour la conduire à Genève, parce qu'elle avait un vol : Genève-Ajaccio…

— Ah bon ?

— Mais avec cette histoire de cabines bloquées, c'est un hélico qu'est venu la chercher, pour la déposer directement à Genève ! Tu n'as pas entendu le boucan, cet aprèm ? C'était impressionnant !

— Non, je me suis auto-plongée dans le coma !

— Quand même, ça aide d'être la sœur d'une star… On dira ce qu'on voudra mais ça aide…

Karen se détend un peu. Finalement, il n'y a plus que Jimmy dont elle redoute la rancœur après sa trahison. Elle espère que sa lettre aura mis un peu de baume sur son amertume. C'est rancunier, les Corses, non ?

— Alors, t'as du beaufort, du reblochon et de la tome, annonce Jules en posant la planche sur le bar devant Karen.

— Cool, t'as un bon vin rouge pour aller avec tout ça ?

— On a un pinot noir qui va super bien avec le fromage ! En plus, on le fait au verre.

— Très bien, je vais prendre ça !

Quelques minutes plus tard, un tonnerre d'applaudissements se fait entendre dans la grande salle du restaurant quand Jimmy débarque sur la scène avec ses musiciens. Au bar, concentrée sur sa planche, Karen ne le voit pas, mais elle l'entend parfaitement et son cœur s'accélère.

Jimmy salue les convives avant de se lancer dans un : *Fly Me to the Moon* très inspiré de la version de Sinatra. Par la suite, il enchaîne avec les standards de Noël, tous ceux que Karen a vu défiler aux répétitions. Elle a le ventre plus serré qu'elle ne l'aurait imaginé. Hier, il chantait en la regardant, elle était sagement assise dans un coin et il lui envoyait des sourires, quelques clins d'œil. Elle a déjà l'impression que c'était dans une autre vie. Cette voix dont elle ne se lasse pas, dont elle raffole, la fait trop souffrir à présent. Il est trop loin, il n'est plus à elle, il doit lui en vouloir. Elle va remonter dans sa chambre, s'écrouler sur le lit et pleurer toutes les larmes de son corps et de son cœur.

Applaudissements dans la grande salle, encore. Karen finit sa tome de Savoie avec l'intention de décamper vite fait – c'est trop douloureux. Jimmy se met au piano et entame quelques notes que Karen ne connaît pas. Ce n'est pas une chanson de Noël ni une de son dernier album, cet air ne lui dit rien. Elle ne faisait pas partie de la répétition, celle-là. Karen s'empare du dernier morceau de fromage pour le porter à sa bouche quand, subitement, elle entend les paroles :

Même si tu n'es qu'un rêve, je ne te mentirai plus.
À cause de tes yeux radieux, de ton regard éperdu

Le morceau de fromage reste bloqué entre la planche et la bouche ouverte de Karen. Ses yeux s'agrandissent. Elle n'y croit pas.

Que jamais plus, ton œil ne se pose sur moi, déçu.
Je le veux tel qu'il est : lumineux, intrigué et ému.

— Mais… Mais purée, c'est MON texte ! C'est MON poème, mes… mes paroles ! bafouille-t-elle à Jules.

Derrière le bar, le jeune homme lui sourit.

— Ah oui, je ne t'ai pas dit ? Quand il a lu ta lettre, il m'a dit qu'il avait quelques accords déjà préparés qui iraient bien dessus ! Il s'est tout de suite mis au piano pour voir ce que ça donnait… Ça colle pas mal, hein ?

Les accords semblent avoir été imaginés pour ses mots. La mélodie harmonieuse, juste en piano/voix et sans refrain, rappelle un peu le *Si j'étais un homme* de Diane Tell.

Karen saute de son tabouret pour se diriger vers la grande salle. L'éclairage a baissé, les gens qui dînent sont dans l'ombre, seule la scène est éclairée. Au niveau des deux battants de la porte, Karen s'arrête pour l'observer jouer au piano, sur scène. Il a sa feuille devant les yeux. Elle a du mal à y croire. Les gens écoutent la chanson, religieusement. Karen a envie de hurler aux réveillonneurs : « C'est de moi ! »

Même en rêve, je ne te mentirai plus. C'est sûr !
Parce que c'est à la fois si simple et pourtant si dur
De te dire : je t'aime. C'est déjà une telle aventure !
Si tu me reviens, je ne veux plus jamais de blessures.

Dis-moi oui, et ce sera vraiment un rêve, je te le jure.

La dernière phrase est répétée deux fois en montant dans les tonalités, puis encore une fois à partir de « Ce sera » et puis, juste la dernière partie : les mots « Je te le jure » sont chantés comme dans un souffle qui s'éteint. Les lumières reviennent. Applaudissements dans la salle. Jimmy se lève du piano et fait quelques pas sur la scène pour remettre le micro sur son trépied.

— Je voulais vous demander un peu d'indulgence pour cette chanson car elle est vraiment toute récente. Je n'ai composé la musique que cet après-midi !

Applaudissements enthousiastes dans la grande salle. Karen fait demi-tour et remonte sur son tabouret au bar. Elle a besoin de vin, vite, trop d'émotion. Elle s'empare de son verre de pinot et le porte à ses lèvres.

— C'est pour ça, entend-elle, que je voulais aussi vous présenter la jeune femme qui a écrit les paroles. Elle est là, Karen Lilas ?

Au bar, Karen tousse un peu de vin rouge sur son pull qui heureusement est noir. Elle le repose et saute du tabouret. Elle ne sait plus où elle en est. Son cœur bat la chamade.

— Attends ! crie Jules.

Il s'empare d'un torchon et lui nettoie le bas du visage comme à un bébé.

— T'as du vin au-dessus de la bouche, explique-t-il. C'est bon, tu peux y aller !

Ils ont dû comploter tous les deux. Quand il lui a remis l'enveloppe, Jules a dû lui dire à quel point Karen était mal. Il a probablement mentionné le fait qu'elle ne ferait pas son émission.

Elle traverse la grande salle du restaurant, très émue, sous les applaudissements. Karen sent son cœur palpiter, ses joues s'empourprer et un sourire s'afficher sur son visage sans qu'elle ne puisse plus rien contrôler. Elle monte et le rejoint sur scène. Jimmy la prend par la main comme la fois où il l'a emmenée voir les écureuils. Ils saluent ensemble, tous les deux, et se regardent avec ferveur.

— Bravo et merci, Karen, pour les paroles de cette chanson ! dit-il face au micro et au public. Comme je l'ai trouvée assez émouvante, j'avais une demande à te faire, devant témoins…

Des cris se font entendre dans la salle. *Il ne va pas me demander en mariage tout de même*, songe Karen, les joues de plus en plus en feu.

— Est-ce que tu pourrais écrire pour mon prochain album ? demande Jimmy.

C'est encore mieux. Les convives lancent toutes sortes d'exclamations et brandissent leurs portables pour capter ce moment. Cette fois, c'est elle qui va être sur Instagram.

— *Dis-moi oui et ce sera un rêve, je te le jure*, reprend Jimmy complice avec le public, en citant la dernière phrase de la chanson.

Karen est tétanisée sous son sourire figé, elle a une pensée fugace pour Monsieur Hubert qui ne doit plus rien comprendre au film. Jimmy la tire doucement par la main pour la mettre devant le micro.

— Euh… Oui d'accord ! lance-t-elle en entendant sa voix résonner dans la grande salle.

Applaudissements. Le chanteur met son bras sur son épaule. Karen se rapproche de lui, lève son visage vers le sien et leurs lèvres se rejoignent sous les applaudissements et les exclamations qui redoublent chez les convives.

Deux jours plus tard

Nouveau scoop pour PIAGG, la meilleure chaîne-info-people (par Celia M)

Jimmy Mariani s'affiche avec sa nouvelle conquête. Il l'a rencontrée au Val des Neiges, sur son magnifique domaine skiable. Après s'être rentrés dedans à mi-parcours sur une piste bleue, ce fut un véritable coup de foudre entre le chanteur et la jeune femme qui n'est autre que Karen Lilas, une voix que vous connaissez bien ici, puisque c'est notre productrice et rédactrice. PIAGG sera donc aux premières loges pour vous informer de la suite de l'histoire, qu'on espère longue et heureuse !

FÉLIX

*

Tonie Behar

Assis sur la banquette rembourrée d'une des télécabines des Deux Chamois qui le mène au Grand Hôtel du Val des Neiges, Félix Baltimore grelotte. Le matin même, il a enfilé un jean, un sweat-shirt à capuche, un bombers molletonné et des grosses baskets habituées au pavé parisien, en se disant que ça ferait l'affaire. Mais ça ne va pas du tout : il tremble de tous ses membres et ses dents claquent si fort qu'on dirait une beat-box. Assis sur la banquette d'en face, le groom de l'hôtel l'observe en silence, bien à l'abri dans sa doudoune noire, ses pieds au chaud dans des chaussures de montagne fourrées que Félix lui envie furieusement. Pour se donner une contenance, il consulte son téléphone, en se forçant de contenir le tremblement de ses doigts. L'interface familière de sa boîte mail lui fait regretter d'avoir quitté Paris. Il ferme les yeux, pense aux grands boulevards illuminés de guirlandes, aux vendeurs de marrons, à son bureau bien chauffé…

— Monsieur… nous sommes arrivés.

Les portes de la cabine s'ouvrent avec fracas, laissant pénétrer un vent polaire. Félix, tétanisé de froid, étouffe un gémissement. Qu'est-il venu faire dans cette galère ? Ses dents continuent leur claquement de castagnettes. Il quitte l'habitacle, pressé de se réfugier dans la chaleur de l'hôtel. Sur le site Internet, il avait repéré une grande cheminée et rêve de se coller devant.

— Le traîneau est là, monsieur.

Félix fixe le type imperturbable qui le regarde sous sa chapka noire.

— Un traîneau ? Où est le Grand Hôtel ?

— C'est un peu plus haut, on y sera en moins de deux. Vous avez choisi l'option luxe, mais vous pouvez toujours monter à pied si vous le souhaitez, répond l'autre d'un ton légèrement condescendant.

Juste devant eux se dresse un traîneau en bois ouvragé doté de longs skis, digne de celui du Père Noël, sauf qu'il est équipé d'un moteur. Le groom pose le sac de Félix à ses pieds et s'installe au volant.

— Vous pourrez vous réchauffer sous les couvertures, sourit-il.

Félix se demande s'il se moque de lui et lui adresse un regard noir avant de s'emmitoufler sous une gigantesque couverture en fausse fourrure. Ses tremblements s'apaisent un peu. Le traîneau se met à glisser sans bruit sur la neige. Il escalade une pente abrupte puis s'engage sur la droite. Quelque peu réchauffé, Félix pose enfin les yeux sur le paysage. Autour de lui, c'est le grand blanc. De la neige à perte de vue, des montagnes, des sapins ensevelis sous une énorme couche de poudreuse. C'est gigantesque et oppressant. Un monde de neige et de pierre à la fois magnifique et hostile.

— Le mont Blanc à gauche, indique le groom en tendant le bras.

Félix préférerait qu'il garde les deux mains sur le volant. En fait, il ne l'avouera jamais à personne, mais il n'est jamais allé à la montagne… avant aujourd'hui.

Le Grand Hôtel du Val des Neiges apparaît enfin sous leurs yeux telle une carte postale parfaite. C'est un bâtiment de deux étages en bois sombre et au toit pentu recouvert de neige. Autour de lui se serrent quelques petits chalets tout aussi typiques dont les fenêtres étincellent comme des diamants sous le soleil. Félix descend précipitamment, suivi par l'employé chargé de sa valise. Celui-ci le guide jusqu'à l'accueil, un long desk de bois vernis derrière lequel se trouve un homme de stature imposante, au dos droit comme un *i* et au ventre rond comme un *o*, revêtu d'un impeccable costume noir.

— Bonjour, je suis Monsieur Hubert, directeur de l'hôtel. Comment pouvons-nous vous aider ?

— Une bouillotte peut-être ? glisse le groom. M. Baltimore supporte mal le froid.

Cette fois, c'est sûr, le gars se moque de lui ! Le directeur de l'hôtel le fusille du regard et lui ordonne de déguerpir d'un geste sec de la main.

Félix le regarde s'éloigner sans lui donner de pourboire.

— Nour va s'occuper de votre réservation, dit Monsieur Hubert en désignant une jeune fille brune et souriante assise derrière le bureau. Soyez le bienvenu au Grand Hôtel du Val des Neiges !

Pendant que la jeune fille complète son dossier, Félix observe la grande pièce aux murs de bois patiné, meublée de nombreux canapés et fauteuils dépareillés. D'épais rideaux écrus habillent les fenêtres, tamisant la lumière éblouissante du dehors. Un grand sapin de Noël surchargé de décorations se dresse à côté de la haute cheminée de pierre dans laquelle crépite un bon feu dégageant une chaleur réconfortante. Félix pousse un soupir de soulagement et cesse enfin de trembler. Il aperçoit un jeu d'échecs posé sur une table basse et se demande s'il trouvera un partenaire. Nour sourit et lui tend une grosse clé ouvragée.

— Je vous accompagne jusqu'à votre suite, l'informe un nouvel employé surgi silencieusement d'on ne sait où.

Sa chambre est située au deuxième étage. Les murs mansardés en bois lui rappellent qu'apparemment les montagnards ne sont pas encore arrivés à l'âge de pierre. Il a l'impression d'être dans la cabane des Sept Nains… en beaucoup plus chic. Félix se jette sur le lit recouvert de nombreux coussins et d'une couette moelleuse comme un nuage. Il attrape la couverture en fausse fourrure pliée au pied du lit, la remonte jusqu'au menton et jette un œil morne par la fenêtre à travers laquelle le narguent les monts enneigés. Rien qu'en les regardant, il est frigorifié ! Dire qu'il doit se geler ici toute une semaine. Mais pourquoi, POURQUOI a-t-il écouté Mira ?

La semaine dernière, vers vingt et une heures, alors qu'il était seul au bureau, elle avait sonné comme une furie chez Laser Finance. Il avait ouvert, résigné, sachant déjà qui se trouvait derrière la porte et avait eu droit au savon habituel : il travaillait trop, se tuait la santé, il devait prendre des vacances, vivre un peu… Habituellement, Félix réussissait à amadouer Mira, sa « maman des grands boulevards » comme il l'appelait, mais ce soir-là, elle avait décidé de ne pas le lâcher. Plantée debout derrière lui, elle avait attendu qu'il se connecte sur un site de voyages et l'avait obligé à réserver une semaine de vacances, n'importe où, elle s'en fichait, mais il devait partir ! Elle faisait de grands gestes, ses bagues teintaient, ses bracelets carillonnaient, ses boucles d'oreilles s'agitaient comme si un lutin de Noël avait pris possession de son corps. Agacé par sa présence, il avait tapé « séjour de Noël de luxe » et avait réservé sur le premier site venu, du 17 au 24 décembre en se disant qu'il aurait le temps de résilier par la suite. Mira était repartie satisfaite et Félix avait découvert, mais un peu tard, qu'il avait choisi un séjour à la montagne… impossible à annuler.

Sous les effets conjugués du froid, de l'agacement et de la fatigue, ses yeux se ferment doucement. Pour la première fois depuis des années, Félix s'endort en plein milieu de l'après-midi, la tête plongée dans les oreillers moelleux, dans la chaleur bienfaisante d'un plaid en fausse fourrure.

Quand il se réveille, la nuit est tombée et, par la fenêtre, la neige semble fluorescente. Félix descend avec l'idée de faire un tour à la boutique de l'hôtel. Il a besoin de s'équiper, ses affaires parisiennes ne suffiront pas à le protéger. Malheureusement, Monsieur Hubert l'informe avec componction que le « ski-shop » se trouve à l'extérieur, dans un des petits chalets attenants. Il doit donc à nouveau affronter le froid pour s'y rendre.

Dans la boutique aux murs aussi boisés que le reste de l'hôtel, il choisit une doudoune conçue pour les expéditions en Alaska, une combinaison de ski taillée dans un matériau thermodynamique, des Moon Boots, ainsi que des moufles, une cagoule, des pulls en polaire, des caleçons longs et des chaussettes épaisses. Ses yeux s'arrondissent quand il passe à la caisse en découvrant que la facture équivaut au PIB du IIe arrondissement. Néanmoins, il ne peut se permettre d'y couper. Ses nouveaux effets rangés dans un énorme sac de shopping, le vendeur l'informe qu'ils seront directement livrés dans sa chambre. Dans la « ski room », une foule attend de pouvoir louer skis, bâtons et chaussures. Félix se pose sur un banc et dégaine son téléphone en attendant son tour. Son équipe l'inonde de mails pour la création de leur prochain produit financier. Il doit les appeler en urgence.

— C'est à qui le tour ? demande le skiman.

— À monsieur, je crois, répond une femme aux cheveux frisottés dans la queue.

— Monsieur ?

— Hein ? Non. Faites passer madame. Je vais avoir un call. Je repasserai. Allez-y.

— Oh, mais non, vous étiez là bien avant moi, je…

Il se lève d'un bond, manquant de bousculer celle à qui il vient de céder sa place. Il la rattrape au vol, en posant la main sur son épaule pour la stabiliser, puis sort en courant du chalet.

Sur le chemin du retour, Félix s'aperçoit qu'il a tourné à gauche au lieu de tourner à droite, ou l'inverse, de toute façon, son sens de l'orientation est défaillant, sans doute un autre cadeau empoisonné légué par son père inconnu, comme sa myopie et sa peau trop claire pour un vrai Martiniquais. Dans la nuit, le petit hameau est un véritable dédale et, le temps qu'il rejoigne le grand chalet illuminé, Félix est à nouveau frigorifié. Pour se réchauffer, il incendie son équipe. Puis, ayant réglé les problèmes, il leur ordonne de rentrer chez eux sans traîner. Après une douche brûlante, Félix se rend au bar et décide de s'offrir un verre de rhum pour se détendre.

Le barman est un jeune homme brun et souriant qui manie le shaker avec dextérité. Il sert une jeune fille un peu gauche à l'air effondrée qui parle de prendre des cours d'italien ou de néerlandais, une conversation totalement décousue que le barman a néanmoins l'air de trouver passionnante. Elle se tourne soudain vers Félix, et lui pose la main sur le bras.

— Bonsoir, je suis Roxane, la prof de ski de l'hôtel. Vous seriez tenté par un cours particulier ?

Vu l'état d'angoisse dans lequel elle se trouve, elle ne doit pas vendre beaucoup de leçons…

— Elle est championne olympique, assure le barman.

— Enfin pas tout à fait, mais merci pour ton soutien, Jules, bafouille Roxane.

— Je veux bien, mais je ne suis pas sûr de mon niveau…

— Ça ne fait rien ! s'exclame la prof. Je prends tout ! Demain dix heures seize heures, ça vous convient ?

— Euh… OK ! répond Félix en se demandant s'il vient vraiment d'accepter de passer six heures à l'extérieur par ces températures polaires.

Manquerait plus qu'une tempête de neige pour que son malheur soit complet. Roxane s'éloigne pour tenter d'alpaguer une nouvelle victime tandis que Félix commande un rhum au barman.

— Rhum blanc ou rhum brun ?

— Brun. Un vieux Clément si vous avez, demande Félix qui affectionne particulièrement ce VSOP martiniquais.

— Ah… un connaisseur ! lance une voix féminine derrière lui. Rien de meilleur qu'un bon rhum brun pour un grog brûlant avec plein de miel !

Félix se retourne et dévisage la nouvelle venue avec des yeux ronds. Une blonde filiforme qui vient de se hisser sur un des hauts tabourets et se dandine au son de la sirupeuse musique de Noël déversée par les enceintes.

— Du Clément, dans un grog ? s'étrangle-t-il.

Elle agite sa main en l'air, comme pour effacer ses paroles.

— Oups ! Je voulais juste dire du rhum brun ! Ça va tellement bien avec la période de Noël, vous ne trouvez pas ? La neige, le froid, un grand sapin de Noël et un grog bien chaud et épicé au coin du feu… j'adore !

Jules pose le verre devant lui et Félix respire avec délice le parfum ambré qui lui rappelle son île natale.

— Personnellement je préfère déguster le rhum nature, on the rocks, sur une plage, les pieds dans le sable… Mais chacun ses goûts.

— Et ses dégoûts !

— Pardon ?

— Vous avez eu l'air tellement dégoûté quand j'ai prononcé le mot « grog » !

Il boit une gorgée d'alcool et sent ses muscles se détendre.

— Tout ce package que vous décrivez avec tant d'enthousiasme… ne m'emballe pas plus que ça.

Elle ouvre des yeux ronds, une bouche ronde, tout son être s'arrondit de surprise.

— Vous n'aimez pas Noël ?

On dirait qu'il vient de lui marcher sur le pied, ou pire ! Il a envie de répondre qu'il n'apprécie pas non plus les dindes de son espèce, mais s'abstient – même s'il trouve le choix du volatile particulièrement adapté à la saison.

— Pas spécialement, dit-il en finissant son verre. Jules, un autre, s'il vous plaît.

La jeune femme l'observe pendant qu'il boit une nouvelle gorgée. Elle a les yeux bleu foncé comme la haute mer et un teint de porcelaine anglaise. Pas du tout son genre. Il n'aime que les brunes incendiaires qu'il collectionne sur Tinder.

— Pourquoi ?

Elle en pose, des questions ! Félix boit une nouvelle gorgée de rhum pour trouver une réponse adaptée. Il ne va quand même pas lui raconter que, quand il était gamin, il demandait au Père Noël de lui offrir son papa dans un paquet-cadeau.

— Petit, j'écrivais au Père Noël de me ramener mon père, mais ce con ne m'a jamais répondu.

— Oh !

Ses lèvres s'arrondissent comme des sucres d'orge rouges et bombés. Elle a l'air totalement désolée. Félix termine son second verre un peu trop vite.

— En plus, cette année, l'amoureux de ma mère l'emmène en vacances. Du coup, je ne voyais pas trop l'intérêt d'aller la rejoindre.

— Je vois… fait-elle avec la tête de celle qui ne voit rien.

La même que la sienne quand il enlève ses lentilles. Félix se dit soudain qu'il a trop bu. Sa vieille tristesse, celle qui lui colle aux basques depuis l'enfance, l'a repris à la gorge. À nouveau, il a l'impression de ne pas être à sa place. Personne ne le comprend, personne ne l'attend. Il est seul, comme toujours et pour toujours. Le jeune homme pose son verre vide sur le bar et s'éloigne. Ça ira mieux demain. Enfin, il espère.

***

Le lendemain, Félix se réveille en retard et a à peine le temps de découvrir le petit déjeuner pourtant copieux de l'hôtel. Il se précipite vers le « ski room » encore désert où un « skiman » zélé lui fournit les skis et chaussures de location adaptés à sa taille (1,80 mètre), son poids (77 kilos) et son niveau (débutant petite section).

Alors qu'il est assis sur un banc, il se débat pour boucler sa chaussure gauche qui refuse de se fermer, une paire de Moon Boots argentées se plante devant lui. Levant les yeux, Félix découvre la jeune femme blonde de la veille moulée dans une combinaison d'une blancheur éblouissante, ses yeux bleus dissimulés par des lunettes miroir.

— Au fait, moi, c'est Mona.

— Pardon ?

— Vous ne m'avez pas demandé mon prénom hier soir. C'est Mona. Mona Bergstrom.

Il lève les yeux vers elle.

— Enchanté, Félix Baltimore.

— Je sais.

Elle se penche vers sa chaussure et réussit à la fermer du bout du doigt.

— Il faut enlever la boucle avant de serrer, dit-elle avant de s'éloigner.

Il attrape ses skis et rejoint Roxane qui l'attend déjà devant la porte du chalet.

Pourquoi ? Pourquoi ? Pourquoi ? se répète Félix alors que Roxane lui explique pour la vingtième fois, avec une patience d'ange, qu'il faut plier les genoux et se pencher vers l'avant. Il a passé la matinée à essayer d'assimiler les rudiments du ski et a été soulagé quand ils se sont arrêtés dans un restaurant d'altitude pour déjeuner. Mais depuis une heure il n'en peut plus. Malgré son équipement, le froid a eu raison de lui. Ça a commencé par les mains et maintenant ce sont ses pieds qui demandent grâce.

Il a l'impression de les avoir enfermés au congélateur, ça pique, ça brûle. Ses dents se sont remises à claquer, il ignorait avoir autant d'énergie dans les mâchoires. Il rêve d'une douche chaude, d'un sauna, d'un bain de soleil. Pour souffler un peu, il consulte son téléphone, pour la dixième fois en deux heures.

— On repart tranquillement en chasse-neige ? propose Roxane. Je sens que vous chopez bien le mouvement.

— On est loin de l'hôtel ?

— Euh… si on descend par la rouge ici, on tombe devant les œufs des Deux Chamois.

— OK, faisons ça. J'ai une urgence de boulot, il faut que je me connecte devant mon ordinateur.

Il a trouvé un prétexte en or ! La prof file devant comme une fusée avec la grâce d'une déesse des neiges et l'attend une dizaine de mètres plus bas. Comme c'est étrange, cette fille est dix fois plus habile sur des skis qu'en baskets. Motivé comme un cheval flairant l'écurie, il s'élance à sa suite et réussit à descendre sans croiser les skis ni emmêler ses bâtons.

Une heure plus tard, emmitouflé dans un peignoir en éponge moelleuse après un long bain brûlant, Félix s'écroule sur son lit en se disant qu'il ne s'en est pas trop mal sorti pour une première journée de ski. Y en aura-t-il une seconde ? Rien n'est moins sûr. Adossé contre trois oreillers gros comme des édredons, il appelle Mira.

— Alors, mon Féfé ? Comment ça se passe ? Tu es content ?

— L'hôtel est magnifique, mais la neige est glacée.

— C'est un peu le concept… Tu te reposes, au moins ?

— Oui ! la chambre est très confortable.

— Parfait ! Je suis contente. Profite bien. On se retrouve le 24 pour le réveillon.

Félix raccroche en souriant. Mira, c'est un peu sa mère de substitution à Paris.

Entre eux, c'est l'histoire tendre d'un fils loin de sa mère et d'une mère loin de son fils, qui prennent soin l'un de l'autre. Elle l'a pris sous son aile alors qu'il était encore un tout jeune homme de vingt-trois ans venant démarrer son premier job à Paris après un master de mathématiques financières. Il avait timidement toqué à la porte de la loge de la gardienne pour demander l'étage de la société Laser Finance. Une belle femme brune aux lèvres rouges, d'énormes boucles créoles étincelant aux oreilles, en était sortie et l'avait dévisagé avec un bon sourire avant de lui donner le renseignement avec l'accent chantant de sa Roumanie natale. Par la suite, Mira avait réceptionné les nombreux colis que sa mère lui envoyait de Saint-Joseph. En passant quasi chaque jour dans la loge, il avait pris l'habitude de se confier à elle en dégustant ses biscuits maison avec un verre de thé noir puisé de son samovar toujours bouillonnant. La gardienne avait suivi son ascension au sein de Laser Finance, dont il avait pris la tête quelques années plus tard. Surtout, c'est elle qui lui avait donné l'idée de racheter l'immeuble au moment où ils risquaient tous de se faire expulser et qui l'avait soutenu pour aller jusqu'au bout. Grâce à Mira, Félix Baltimore était devenu, à vingt-sept ans le propriétaire du 19 bis, boulevard Montmartre. Il en avait acquis l'assurance qui lui manquait et la conviction d'avoir fait quelque chose de bien : tous les locataires avaient pu rester dans leur appartement, et Mira conserver sa loge. Dix ans plus tard, rien n'a changé. L'immeuble est toujours debout, elle est toujours gardienne, il travaille toujours comme un fou, et cette année, ils fêteront Noël ensemble avec Dimitri, l'amoureux de Mira, ses enfants et ses petits-enfants.

Quand il descend dans le grand salon une heure plus tard, un groupe de clients dispute une partie de Scrabble acharnée, menée par une petite femme brune et très élégante qui semble mettre une raclée à tout le monde. Des cris fusent en mode feutré sous l'œil de Monsieur Hubert dont la seule présence semble empêcher tout débordement. Au bar, Roxane est en grande discussion avec Jules.

Félix s'installe à une table près de la cheminée et commande un rhum. Il regarde pensivement le feu, bercé par la voix de Frank Sinatra.

— Vous jouez ?

Il sursaute en découvrant Mona la blonde plantée devant lui.

— Pardon ?

— Aux échecs ?

— Un peu, répond-il sans se mouiller parce qu'en réalité, il est un tueur mais il ne veut pas l'affoler.

Elle s'installe en face de lui et dispose les pièces avec une dextérité impressionnante. Dommage qu'elle ne soit pas son genre. Mona avance un pion et demande :

— Vous êtes marié ?

— Pardon ?

— Vous avez des problèmes d'audition ? Parce que si vous répondez « pardon ? » à chacune de mes questions, on ne va pas s'en sortir.

— C'est que je suis toujours surpris par vos questions.

Un serveur s'approche pour lui demander ce qu'elle souhaite boire, elle commande un grog.

— Elles sont pourtant inoffensives. Oh ! J'adore cette chanson ! s'exclame-t-elle alors que Sinatra se met à susurrer *Let it Snow.*

— Non, je ne suis pas marié, et vous ? demande-t-il en déplaçant son fou.

— Divorcée, grimace-t-elle.

Il remarque soudain des cernes mauves sous ses yeux bleu marine. Une écume de tristesse voile son regard et disparaît le temps d'un clignement de paupières. Il réalise qu'elle a déplacé sa tour, le mettant dans une situation compliquée. Il boit une gorgée de rhum pour se donner le temps de réfléchir.

— Divorce difficile ? lance-t-il.

— Je suis surtout très soulagée que ce soit derrière moi.

Derrière eux, l'élégante petite femme brune pousse un cri de joie. Elle a vaincu tous ses adversaires et fête sa victoire au champagne. Mona en profite pour faire un nouveau déplacement embarrassant. Félix est obligé de se concentrer pour ne pas se laisser mener.

— Des enfants ? questionne-t-il dans l'espoir de la distraire.

— On n'a pas pu en avoir.

À nouveau, cette vague de douleur qui passe dans ses yeux, brouillant leur limpidité.

— Moi non plus, pas d'enfant.

Il boit une gorgée de rhum, ne sachant quoi ajouter.

— Merci de ne pas m'avoir demandé si c'était lui ou moi le problème, dit-elle en déplaçant sa tour.

— Hum…

L'air de rien, elle vient de le mettre en grande difficulté. Il n'a pas l'habitude des discussions amicales avec des quasi inconnues. Sur Tinder, l'essentiel a été dit avant la rencontre, il ne reste plus qu'à passer à l'action… ce qui ne sera certainement pas le cas avec cette Mona, blonde buveuse de grog et adoratrice éperdue de Noël, qui est l'exact opposé de son type. Félix fronce les sourcils, décidé à reprendre la main. Après un long moment de réflexion, il tente une action assez risquée avec son roi. Cette fois, Mona prend un long moment avant de jouer. Il note qu'elle a de longs doigts aux ongles dorés taillés en amande, on dirait des bijoux précieux. Elle se mordille la lèvre, il détourne le regard. Elle avance sa reine, emportant un de ses pions au passage. Heureusement, il réussit à répliquer en lui piquant sa tour.

Frank Sinatra s'est tu, on n'entend plus que le crépitement du feu. Félix lève le nez de la partie pour réaliser qu'ils sont seuls dans le salon. La plupart des lumières sont éteintes et Jules a quitté le bar.

— Échec et mat, prononce Mona en couchant son roi.

Elle bâille à s'en décrocher la mâchoire et s'étire, dévoilant un petit bout de ventre satiné.

— Bonne nuit, dit-elle avant de s'éloigner.

***

Le lendemain, en descendant prendre son petit déjeuner, il croise la femme frisottée qui sort de la chambre mitoyenne. La veille, il l'a rencontrée au restaurant en haut des cimes, elle a tenté de lui faire la conversation mais il était tellement tétanisé de froid qu'il n'a pas prêté attention à ce qu'elle lui disait. Il a juste retenu son prénom : Élodie. Elle lui sourit en rougissant.

— Tiens, on est voisins !

— Effectivement, répond Félix en rêvant d'un café.

— C'est un signe ! s'exclame-t-elle en pouffant.

Il dévale les escaliers alors qu'elle s'engouffre dans l'ascenseur. Un peu plus tard, il se retrouve à côté d'elle au buffet alors qu'il se sert un bol de corn-flakes.

— Ça alors ! Et en plus on prend les mêmes céréales !

— Pas faux, répond-il en cherchant du regard une table près de la fenêtre.

La salle à manger donne sur les télécabines des Deux Chamois et il aime observer le ballet des cabines rouges déversant un flot de skieurs matinaux. Il trouve une table isolée et s'installe pour déguster son petit déjeuner.

— Vous avez mal dormi ? Vous êtes tout pâle ! s'exclame Mona, assise à la table d'à côté.

— Pâle ? Moi ?

Elle sourit en agitant la main dans l'espace.

— Enfin, je me comprends ! Vous avez une mine affreuse.

Il ne va quand même pas lui avouer qu'il s'est couché fou furieux, en ruminant sa défaite. Cela fait des siècles que personne ne l'a battu aux échecs et cette espèce de fée clochette avec son regard candide l'a mis mat en bâillant !

— J'ai un peu réfléchi à notre partie avant de m'endormir…

En réalité, il s'est refait le match toute la nuit pour trouver là où ça avait merdé, avant de réaliser que, dès le départ, il était cuit !

— Ce n'est pas avec trois corn-flakes que vous allez vous requinquer. Je vous emmène déjeuner dans un restaurant d'altitude.

— Pardon ? sursaute Félix.

— Vous avez très bien entendu. Rendez-vous à midi devant le local à ski.

Dans le ski-shop, Félix s'est acheté des gants de soie à glisser sous ses moufles pour éviter les engelures. Il se demande si le déjeuner implique une descente à ski et regrette d'avoir accepté. Le froid pique déjà la partie du visage comprise entre son écharpe (remontée très haut) et son bonnet (enfoncé très bas). Une effrayante buée blanche et glacée s'échappe de sa bouche. Il se crispe en voyant Mona débarquer, ses skis portés à l'épaule et remarque ses petites hanches étroites qui ne sont pas du tout son genre. Félix préfère les femmes aux formes pleines et affirmées qui se cambrent glorieusement.

— On y va ?

— On descend à ski ?

Mona glisse sur la neige avec la prestance d'une patineuse et, contrairement à Roxane, ne lui donne aucun conseil, ce qui a pour effet de le déstresser peu à peu. Il parvient à descendre cahin-caha, en prenant soin de s'élancer à sa suite dès qu'elle a le dos tourné afin qu'elle ne découvre pas son style calamiteux. Il est récompensé en découvrant le restaurant d'altitude et sa grande terrasse ensoleillée où sont alignées des rangées de chaises longues. Quelques skieurs sont déjà installés, le visage tourné vers le soleil et le corps protégé par un plaid en polaire. Félix a l'impression de débarquer au paradis.

Mona claque la bise au propriétaire des lieux, un géant blond aux yeux clairs de type viking qui l'accueille avec un grand sourire et les place à une table en bois face aux pistes.

— Tu peux peut-être enlever tes moufles et ton bonnet, suggère-t-elle en secouant sa chevelure blonde qui étincelle au soleil comme une petite torche.

Il ne peut s'empêcher de trouver ça joli, même si elle n'est pas du tout son genre.

— Félix !

Le son de sa voix le fait sursauter.

— Pardon ?

Elle lève ses yeux marine au ciel et lui arrache son bonnet. Félix sourit et se passe la main sur ses épais cheveux coupés à ras, au cas improbable où ils se seraient décoiffés.

— Je garde mon écharpe, on ne sait jamais !

Mona laisse échapper un rire de clochette.

— Tu aimes la raclette ?

— J'adore !

— Ah, quand même !

— Je ne suis pas réfractaire à tout ce qui est montagnard ! Karim, qui tient le restaurant en bas de mon immeuble, en met toujours à la carte en hiver.

Le patron en personne vient prendre leur commande et discute avec Mona pendant dix minutes, du temps, de la neige, de la station. Félix écoute poliment.

— Tu le connais depuis longtemps ? demande-t-il quand le Viking s'éloigne enfin.

— Pas du tout ! Je l'ai rencontré la semaine dernière ! Pourquoi ?

Elle est donc ce genre de personne qui sympathise avec tout le monde en deux minutes. Quand il songe qu'il lui a fallu acheter son immeuble pour être accepté par les locataires !

— Pourquoi tu boudes ?

— Pardon ?

— Oh non ! Ça ne va pas recommencer !

Il remplit leurs verres de vin blanc en se demandant comment changer de sujet.

— Raconte-moi pourquoi tu aimes tant Noël.

Le visage de Mona s'illumine d'un sourire joyeux qui fait pétiller ses yeux.

— Quand j'étais petite, on allait toujours dans la maison de mes grands-parents près de Stockholm pour les vacances. Le jour de notre arrivée, on décorait le sapin, en accrochant des dizaines de tomtes, des petits lutins traditionnels suédois en bois et laine avec une longue barbe et un chapeau pointu. Chacun d'eux avait un nom, mon préféré était Alfred. Ma grand-mère me racontait que les tomtes s'occupent des enfants et du foyer. Ils les protègent contre la mauvaise fortune, en particulier la nuit, pendant que les occupants sont endormis. On préparait des biscuits au gingembre, des roulés à la cannelle et des *mandelmusslor*, des tartelettes aux amandes. La nuit tombait très tôt, dehors il faisait froid, les champs étaient tout blancs et les arbres givrés. On se réfugiait dans la maison décorée de bougies et de guirlandes, mon grand-père nous lisait des contes et légendes où des tomte apportent des cadeaux aux enfants la nuit de Noël. Pour moi, c'étaient des moments magiques où je me sentais protégée de tout. Être ici à la montagne, avec toute cette neige… ça me rappelle mon enfance.

Un serveur dépose sur la table une demi-meule de fromage à raclette sur un gril. Peu à peu une délicieuse odeur de fromage fondu se répand, accompagnée d'une agréable chaleur. Félix se laisse aller à écouter les souvenirs de Mona ; elle raconte bien, d'une voix harmonieuse et un peu envoûtante. Ses mots font naître un monde chaleureux et inconnu, il se plonge dans ses légendes nordiques tellement éloignées des siennes et réalise une fois de plus combien le monde est vaste et les êtres humains différents. Il lui raconte à son tour les histoires de pirates des Caraïbes, d'îles au trésor, d'épaves englouties qui ont bercé son enfance. Le soleil lui réchauffe le visage, il se sent bien, détendu et reposé pour la première fois depuis des mois. Après le repas, ils se posent sur des chaises longues et continuent leur conversation à bâtons rompus. C'est tellement agréable de parler avec quelqu'un sans arrière-pensées, sans évoquer Laser Finance, l'immeuble ou le cours de la Bourse…

— Demain, on ira visiter le village, dit Mona.

Félix acquiesce en souriant.

Ce soir-là, au terme d'une partie acharnée, il réussit à la battre aux échecs.

***

Sur la place du village du Val des Neiges trône un gigantesque sapin, les boutiques sont illuminées et regorgent de vêtements chauds, les cafés servent des grogs et des chocolats chauds recouverts de crème Chantilly, un petit pont de pierre enjambe un torrent gelé. C'est Noël Land ! Félix se laisse prendre à la magie du moment et au plaisir irréel de déambuler dans les rues accompagné d'une elfe suédoise qui n'est pas du tout son genre. Le soir, Mona lui annonce qu'elle doit s'absenter, il traîne seul au bar et déguste, mélancolique, un grog brûlant. Dans la grande salle, il repère la brune chic en pleine discussion avec Monsieur Hubert, et Élodie sa voisine de chambre, dans un canapé avec Raoul, le prof qui donne des cours de ski collectifs. Au bar, Jules discute avec une dénommée Karen et Félix apprend qu'un concert privé du célèbre chanteur de charme Jimmy Mariani est prévu pour le soir du réveillon. Il s'en fout, il ne sera plus là. De toute façon, il n'aime que le rap et le zouk. Vers vingt-deux heures, il décide de monter dans sa chambre pour traîner un peu sur Tinder.

Il pose le pied sur la dernière marche de l'escalier lorsqu'il aperçoit la porte de la chambre d'Élodie se fermer sur une fine silhouette noire et une queue-de-cheval blonde. Un blond nordique brillant et ondulé qu'il reconnaîtrait entre mille. Mona ! Que fait-elle dans la chambre d'Élodie, alors qu'il vient juste de croiser cette dernière dans le grand salon ? Aussitôt, l'esprit mathématique de Félix se met en marche. Il réalise qu'à aucun moment ils n'ont parlé de leurs métiers respectifs, trop occupés à se confier des anecdotes personnelles. Il a vu des photos de son chat et de sa sœur, il sait qu'elle vit à Paris dans le XIXe, il connaît le nom de sa boulangerie et sa pâtisserie préférée, mais pas ce qu'elle fait dans la vie. Félix comprend maintenant pourquoi Mona ne lui a pas demandé quel était son métier : elle ne voulait pas qu'il lui retourne la question ! Car s'il l'a vue ce soir en train de s'introduire furtivement dans une chambre qui n'est pas la sienne, habillée en rat d'hôtel, c'est que Mona est une voleuse ! Une pickpocket professionnelle qui dépouille les riches clients de cet hôtel exclusif. Et sa victime du soir est cette pauvre Élodie qui ne se doute de rien ! Furieux contre elle et surtout contre lui-même. Félix se plante devant la porte les bras croisés, bien décidé à la prendre en faute quand elle en sortira, son butin en main. Au bout d'une vingtaine de minutes, alors qu'il se demande si elle ne s'est pas enfuie par le balcon, la porte s'ouvre sur une Mona aux joues rosies et au souffle court. Elle écarquille ses yeux marine en le découvrant devant la porte.

— Que faisiez-vous dans cette chambre ?

— On ne se tutoie plus ?

Décidément, cette femme a un esprit de repartie hallucinant. Rien ne peut donc la démonter ? À sa place, il mourrait de honte. Il lui attrape les mains pour découvrir qu'elles sont vides.

— Que lui avez-vous volé ?

— Rien.

— Évidemment ! Cette pauvre Élodie n'est pas le genre à avoir une rivière de diamants dans son coffre-fort !

— Effectivement ! Pas l'ombre d'un bijou.

— Je ne suis pas une balance, alors je vous demande de quitter l'hôtel pour ne pas vous dénoncer à Monsieur Hubert.

Mona pousse un soupir agacé, tout en regardant furtivement autour d'elle pour s'assurer que personne ne peut les voir.

— Vas-y, dénonce-moi. C'est toi qui auras l'air d'un con !

— Pardon ?

Elle lève les yeux au ciel et souffle à nouveau telle une gamine insolente. Sa bouche s'arrondit comme un bonbon à la fraise. Ses préférés.

— J'enquête sur Élodie Sarrazin ! Hubert est au courant, c'est…

Une vague de dégoût parcourt Félix de haut en bas. C'est bien pire que ce qu'il pensait.

— Vous êtes flic ?

Incapable d'ajouter un mot de plus, il entre dans sa chambre et claque violemment la porte.

Ce soir, Mona Bergstrom est moins son genre que jamais.

Allongé sur son lit king size, Félix fulmine. Dire qu'il lui a fait confiance, il lui a confié ses peines de gamin, ses complexes de jeune homme, lui a parlé de Mira, de sa mère, des habitants du 19 bis, boulevard Montmartre qui au fil du temps sont devenus sa seconde famille. Il la trouvait sympathique, charmante même ! Ah ! Elle l'a bien endormi avec son regard d'ange à qui on donnerait le bon Dieu sans confession. Mona est flic et Félix rumine longuement sur ce sinistre coup du sort.

Ses rares interactions avec la police lui ont laissé des souvenirs cuisants. Étudiant à Nanterre, il se faisait contrôler plus souvent qu'à son tour et avait vite compris que sa couleur de peau était un facteur multiplicateur du phénomène. Plus récemment, alors qu'il se croyait à l'abri dans une vie bien embourgeoisée, il avait été mêlé malgré lui à une sombre affaire et s'était retrouvé en garde à vue alors qu'il clamait son innocence. Là encore, son teint foncé avait aggravé son cas et on l'avait traité comme un criminel avant même de l'avoir jugé. Il en fait encore des cauchemars.

Son téléphone sonne, il se demande si Mona a débusqué son numéro dans les fichiers de l'hôtel, mais c'est sa mère qui l'appelle, comme si elle avait senti qu'il avait besoin d'elle.

— Ça va, mon Doudou ?

Il se force à imprimer une note de gaieté dans sa voix.

— Super, Manman, répond-il en utilisant le doux mot créole de son enfance. Je découvre les joies de la montagne. Et toi, les vacances ? Frankie ne te fait pas travailler, au moins ?

Sa mère éclate de son rire chaleureux qui fait naître un frisson de nostalgie chez Félix.

— Il a trop peur de toi ! Pas de cuisine, pas de ménage. On est à l'hôtel, les doigts de pied en éventail toute la journée, avec un ti punch !

— Il fait beau ?

— Trop chaud. On reste à l'ombre. Je t'embrasse, mon Doudou. Souviens-toi que rien n'est aussi grave qu'on le croit.

Il raccroche en se disant que les antennes de sa mère sont toujours sacrément affûtées. C'est vrai, au fond. Qu'est-ce que ça peut bien lui faire que Mona soit dans la police ? Il ne la reverra jamais de sa vie. Alors pourquoi est-il si bouleversé ?

Le lendemain matin, Félix croise Élodie Sarrazin, sortant du spa en peignoir monogrammé. Il l'agrippe par la manche et se penche vers elle. Surprise, elle manque de s'étouffer, ses joues rougissent et ses paupières battent comme des ailes de papillon.

— Sans vouloir vous affoler, je vous conseille de vous méfier d'une jeune femme blonde nommée Mona… murmure-t-il à son oreille.

— Me méfier ? Mais pourquoi ? demande Élodie en portant la main à son cœur.

— Je suppose que vous devez le savoir, prononce Félix avant de s'éloigner, son devoir accompli, alors qu'elle le regarde d'un air complètement ahuri.

Dans le hall, Raoul, lui propose de se joindre au groupe de la journée, mais il décline poliment. Ensuite, il traîne dans l'hôtel comme une âme en peine. Aucune trace de Mona, il se demande si elle n'a pas quitté le Val des Neiges. Peut-être que sa mission est terminée, qu'elle est rentrée à Paris ou en Suède, retrouver ses lutins. Il se demande quel est ce sentiment étrange qui lui coupe la respiration. Dehors, il neige, il n'a pas envie de prendre les œufs pour descendre en ville, encore moins de faire du ski. Il décide de se faire masser pour se détendre. Après le déjeuner, il se réfugie dans la bibliothèque pour lire un roman de Sophie Rouvier. Malheureusement, le chanteur Jimmy Mariani et ses musiciens ont justement choisi cette pièce un peu à l'écart pour répéter et une foule de clients curieux passe et repasse l'air de rien pour assister à la répétition. Certains n'hésitent pas à filmer sur leur portable et Félix est sûr que d'ici dix minutes la scène sera sur les réseaux sociaux. Il se surprend à écouter avec une pointe de nostalgie le crooner méditerranéen à la voix de velours chanter des grands classiques la saison, genre *Let it Snow.* Il repense à Mona qui la chantait à tue-tête. Décidément, toute cette ambiance enneigée l'a complètement chamboulé ! Mariani reprend même *All I Want for Christmas,* la chanson préférée de Mira, avec un certain talent, mais Félix est prêt à parier qu'il ne chantera pas sa chanson de Noël préférée à lui… Et, bien sûr, il gagne !

Pour sa dernière soirée, Félix a enfilé une chemise noire sur son jean, en lieu et place de ses traditionnels sweats à capuche. Il n'est pas question de se laisser abattre parce qu'une fille qui ne l'intéresse même pas a disparu après l'avoir déçu. De toute façon, il n'aime ni les gendarmes ni les voleurs, alors ce n'est plus son problème. Quand il redescend, sapé et parfumé après sa douche, le grand salon bruisse d'une effervescence inaccoutumée. Il aperçoit Monsieur Hubert qui marche de long en large en se tordant les mains alors qu'un brouhaha contrarié monte de l'assistance. Élodie Sarrazin est toute pâle. Certains clients affectent l'air blasé de ceux qui ne sont pas concernés. Au bar, Jules essuie les verres sans se laisser perturber.

— Calmez-vous ! implore Monsieur Hubert. Nous allons trouver des solutions pour tout le monde. La bonne nouvelle, c'est que chacun de vous pourra garder sa chambre, les clients attendus pour demain ne pouvant accéder à l'hôtel pour le moment.

Félix se dirige vers Jules et lui demande ce qui se passe.

— Les œufs sont en panne, on est tous coincés ici jusqu'à ce qu'ils soient réparés.

— Comment ça ? Je repars demain !

— Ça me semble compromis, mon pote.

Félix se faufile jusqu'au directeur de l'hôtel qui se dirige à grands pas vers le lobby, de plus en plus catastrophé, et le hèle au passage.

— Monsieur Hubert ! Ma famille m'attend à Paris pour le réveillon. Je dois absolument prendre mon train demain matin !

L'homme en noir qu'il imaginait imperturbable en toutes circonstances s'arrête et le regarde avec consternation.

— Je suis navré, monsieur Baltimore, c'est malheureusement impossible. Les télécabines des Deux Chamois sont en panne. C'est Noël : impossible de les réparer avant deux jours. Or sans lui nous sommes totalement isolés. C'est aussi ce qui fait le charme de notre établissement, mais pour ce soir et demain, c'est catastrophique. Même les motoneiges ne peuvent monter jusqu'ici et notre traîneau n'est là que pour faire de la figuration.

— Mais qu'est-ce qui s'est passé ? demande Félix.

— Je suis justement en train de mener l'enquête. Je vous garantis que cette affaire sera tirée au clair au plus vite. Ce n'est jamais arrivé en quarante ans !

Félix n'en croit pas ses oreilles. Il faut que cette tuile lui arrive, à lui ! Il en a marre, de cet hôtel, marre du froid, marre de tout !

— Je vous invite à aller voir Nour. Elle s'occupera de changer vos billets de train. Pour l'hébergement, bien entendu nous pratiquons un tarif préférentiel pour vous permettre de conserver votre chambre une nuit de plus. Et sachez que demain soir, M. Jimmy Mariani donne un concert privé pour le réveillon. Vous aurez la chance d'y assister, poursuit le directeur de l'hôtel de son ton le plus snob.

Mais je m'en fous, de votre chanteur de charme ! a-t-il envie de hurler. Sans répondre, il se précipite vers l'escalier pour rejoindre sa chambre. Dans sa hâte, il se heurte à quelqu'un qui se trouve sur son chemin et réalise qu'il s'agit de Mona. Son cœur fait un bond dans sa poitrine. Elle n'est pas partie, elle est là ! Il a l'impression que le feu dans la cheminée flambe de plus belle. Pour la première fois de son séjour, il a chaud et déboutonne un bouton de sa chemise. Un sourire lui monte spontanément au visage, puis il se souvient qu'elle l'a déçu et lui jette un regard mauvais.

— C'est vous qui avez manigancé ça ? demande-t-il.

— Pardon ?

Si en plus elle se fout de sa gueule, il ne répond plus de rien ! Il se dégage vers la droite et monte dans sa chambre sans ajouter un mot. Il a besoin de se remettre de toutes ses émotions. Quand il appelle Mira pour lui annoncer la mauvaise nouvelle, elle a du mal à masquer sa déception. Certes, elle est contente de passer Noël avec les enfants et les petits-enfants de Dimitri, mais il lui manquera, son Féfé. Déjà que son fils ne quitte jamais la Roumanie… Elle lui donne des nouvelles de l'immeuble et lui annonce qu'il a reçu un colis de sa mère. Ils bavardent encore un peu.

— Ce contretemps est peut-être un mal pour un bien. Si ça se trouve, il y aura un miracle de Noël. Fais confiance à la vie, conclut Mira avant de raccrocher.

Mais bien sûr, et les lutins existent ! songe Félix en soupirant.

Il redescend à l'accueil où il trouve Nour qui se débat avec les réservations de trains, entourée d'un groupe de clients anxieux. Elle prend son billet de train de retour et lui promet de l'échanger.

Dans la salle à manger, Félix repère Mona à une table en train de rire et de bavarder avec des inconnus. Elle ne lui jette pas un regard et c'est beaucoup mieux comme ça, ils n'ont rien à se dire. Il se commande une planche de fromages et file la déguster au bar pour ne plus ressentir cette étrange déchirure au cœur quand il la voit. Un Américain nommé Bobby lui propose une partie d'échecs et il met une heure à le battre. Le gars travaille dans le cinéma et produit des comédies romantiques de Noël. Décidément, il est cerné !

Le lendemain, Félix décide d'aller à la piscine, le seul endroit où il est certain d'avoir suffisamment chaud. C'est une ancienne grange très haute de plafond sous sa robuste charpente de bois. Les murs en pierre avec de grandes baies vitrées donnent sur le parc enneigé. Félix fait des longueurs, puis s'allonge sur une chaise longue avec son livre et contemple les montagnes, bien à l'abri dans cette atmosphère chaude et moite au parfum chloré.

Il est toujours en train de bouquiner quand Mona apparaît dans son champ de vision, simplement vêtue d'un bikini noir dont les ficelles forment des nœuds légers comme des papillons sur ses hanches étroites. Il déglutit en la voyant s'avancer sur le plongeoir. Elle exécute un plongeon parfait et effectue plusieurs longueurs dans la piscine. Il la contemple derrière ses lunettes de soleil, hypnotisé par ses mouvements de sirène, tout en faisant semblant de lire.

Puis elle sort de l'eau et se retrouve devant lui ; la peau lisse de son ventre parsemé de gouttelettes le nargue, juste sous son nez. Il a soudain une vision très précise de Mona sur une plage des Caraïbes, les pieds dans le sable, la mer turquoise derrière eux. Il respire le parfum de la crème solaire et sent ses mains se poser sur sa taille fine, remonter le long de son corps et agripper sa nuque. Le sang lui monte aux tempes, ses oreilles bourdonnent. Il pose le livre ouvert sur son maillot et lève les yeux vers elle.

— Félix, tu m'entends ? demande Mona.

— Euh… non, pardon ! Tu disais ?

— Un sourire, et je te dis qui a fait le coup pour les télécabines.

Il fronce les sourcils, brutalement ramené à la réalité.

— Tu as investigué, madame la commissaire ?

Mona secoue la tête et de petites gouttes fraîches quittent ses cheveux pour se poser sur la peau de Félix. Il frissonne, mais ne veut pas se laisser distraire.

— Je ne travaille pas dans la police, répond Mona.

Félix lève un sourcil étonné.

— Et ton enquête sur Élodie Sarrazin ?

— Je suis détective privée.

Il sent un imperceptible soupir de soulagement s'échapper de sa poitrine.

— Monsieur Hubert m'a demandé de me renseigner parce qu'elle a participé à un concours et il voulait être certain qu'elle n'avait pas triché, continue Mona.

— Et alors, le résultat de l'enquête ?

— Confidentiel, répond-elle en s'allongeant sur la chaise longue voisine.

Une très fine chaînette en or enserre sa cheville gauche, en soulignant la finesse. Il détourne rapidement le regard, mais ses yeux sont irrésistiblement attirés vers elle et il ne peut s'empêcher de la détailler par petites touches, comme un tableau de maître. Son ventre légèrement arrondi, doux comme un coussin, ses ongles dorés, ses cheveux qui ruissellent sur son bras nacré. Elle a posé ses lunettes miroir sur ses yeux et se tourne vers lui.

— Ça te poserait un gros problème si j'étais de la police ?

Il hésite. C'est très étrange, quand elle est près de lui, rien ne semble vraiment grave.

— Comment on devient détective privé ? demande-t-il au lieu de répondre.

— C'est une affaire de famille. Mes parents ont quitté la Suède pour reprendre l'affaire de mon grand-oncle à Paris. Il souhaitait leur léguer ses dossiers. Des centaines de renseignements collectés tout au long de sa longue carrière. Un véritable trésor. Mes parents ont décidé de se lancer dans l'aventure et, moi, j'ai appris sur le tas.

— Quel genre d'enquêtes vous menez ? Des maris trompés ?

— Pas seulement. Des questions d'héritage, des recherches de paternité, des enfants abandonnés ou nés sous X en quête de leurs origines, des enquêtes industrielles, des affaires de maltraitance… le panel est très vaste et passionnant. Les cas d'adultère représentent une toute petite partie de notre activité.

Félix ne répond rien. Il enregistre ces informations pour pouvoir les traiter au calme, quand son cœur arrêtera de battre la chamade.

— Vos bureaux sont à Paris ?

— Pourquoi ? Ça t'intéresse ? Tu veux que je retrouve ton père ?

Mona se lève d'un bond et enfile ses petits pieds dans des tongs dorées.

— Tu as vraiment du mal à lire les signaux, Félix !

Il reste immobile sur sa chaise, tétanisé. De quels signaux parle-t-elle ? Qu'est-ce qu'il a loupé ? Peu à peu, son cerveau gelé par l'agitation des derniers jours se met en branle. Ses neurones engourdis se reconnectent, faisant naître des étincelles. Il est peut-être un peu lent, mais pas complètement con. Félix s'habille et va trouver Nour fidèle à son poste, derrière son comptoir.

À vingt heures trente, Félix descend au restaurant. Il s'est acheté un costume dans le ski-shop et, pour une fois, le miroir lui a renvoyé l'image d'un beau gosse au summum de sa forme. Sa chemise neuve est aussi blanche que la neige au-dehors, sa veste lui fait des épaules impeccables et ses baskets noires apportent un petit côté *street* à son allure. Mona ne l'a pas contacté, il ne sait pas si elle répondra à l'invitation qu'il lui a fait porter quelques heures plus tôt sur un grand bristol à l'en-tête du Grand Hôtel du Val des Neiges. Il a réservé une table pour deux dans la grande salle à manger de l'hôtel qui croule sous les décorations de Noël. Pour cette soirée particulière, Monsieur Hubert a mis le paquet. Sur les nappes immaculées, les verres et couverts scintillent. Plantées sur les chandeliers en argent, les bougies créent une atmosphère féerique. Les musiciens de Jimmy Mariani ont pris place sur la petite scène aménagée pour l'occasion. La star ne devrait pas tarder. La salle à manger se remplit peu à peu, le bourdonnement des conversations se fait plus intense. Félix reconnaît des visages mais pas celui qu'il attend. Assis à une table, Monsieur Hubert a perdu son air pincé et arbore un sourire qui le rajeunit de dix ans. Nour a quitté son poste et les valets de ski ont revêtu des tenues de serveurs. Tout le personnel du Grand Hôtel du Val des Neiges est mobilisé pour faire oublier la mésaventure de la panne et rendre cette soirée de Noël absolument magique. Jimmy Mariani arrive enfin sur scène. Avec sa chevelure noire ébouriffée, son smoking et sa barbe de trois jours, c'est le crooner méditerranéen dans toute sa splendeur. Il empoigne son micro et attaque *Let it Snow* de sa voix de velours sous les applaudissements du public. Félix s'assied à sa place et consulte le menu. Il sait qu'elle est dans l'hôtel, puisque personne ne peut partir. Pourquoi ne se montre-t-elle pas ? A-t-il laissé passer sa chance ? Il passe un doigt nerveux sous le col de sa chemise et songe à desserrer sa cravate. Non, il va attendre encore un peu… Peut-être s'est-elle endormie ?

— Excusez-moi, je cherche Félix Baltimore. Un gars qui porte toujours des sweat-shirts à capuche et des baskets disproportionnées. L'auriez-vous vu ?

Il se lève d'un bond, renversant un soliflore au passage. Un peu d'eau se répand sur la table. Mona est là. Elle porte une longue robe de satin noir dotée d'un étourdissant décolleté qui dévoile la rondeur de sa poitrine. Ses épaules semblent scintiller sous la flamme des bougies. Le cœur de Félix manque un battement en découvrant son sourire espiègle.

— Il est devant vous, vous pouvez le reconnaître à ses baskets !

— Quelle métamorphose !

— Il a capté quelques signaux et s'est dit qu'il fallait y répondre de manière appropriée…

Il tire la chaise de Mona afin qu'elle s'assoie, comme il a vu faire dans les films. Un serveur s'approche et leur demande s'ils veulent boire quelque chose. Félix reconnaît le valet qui s'est moqué de lui le premier jour.

— Une bouteille de champagne bien frappée.

— Certainement, monsieur.

— Vraiment glacée, si vous voyez ce que je veux dire, pas un truc réchauffé à la bouillotte ! On est à la montagne, non ?

Le jeune homme esquisse un sourire amusé avant de s'éloigner tandis que Félix dévore Mona des yeux. Comment n'a-t-il pas remarqué la perfection de l'ovale de son visage ni la délicatesse de son cou ? Ses yeux ressemblent à des saphirs et ses lèvres…

— Félix, tu m'entends ?

— Pardon ? Tu disais ?

— On dirait que tu as un léger problème d'audition. Il faudra peut-être consulter…

— Peut-être, mais ma vue est parfaite. Je n'ai aucun souci pour voir que tu es éblouissante.

Le serveur revient et dépose à côté d'eux un seau à champagne rempli de neige.

— On a fait ce qu'on a pu pour vous satisfaire. J'espère qu'il sera assez frais…, dit-il en versant le vin dans les flûtes avec un clin d'œil complice.

Félix se met à rire et lève son verre en direction de Mona.

— À la magie de Noël !

— Justement, j'ai un cadeau pour toi.

Elle fait un signe à Jimmy Mariani qui vient de terminer une chanson et se lève avant de tendre la main à Félix. Il s'approche, comme hypnotisé. Le crooner se met à chanter…

Noël, joyeux Noël
Bons baisers de Fort-de-France
…
Ici les champs couverts de neige on ne les connaît qu'en photo !
Le Père Noël n'a pas de traîneau
Le fond de l'air est bien trop chaud !

Il est tellement ému qu'il ne peut articuler un mot, alors évidemment, Félix botte en touche.

— Je ne suis pas de Fort-de-France, mais de Saint-Joseph.

— Tais-toi et embrasse-moi, idiot, murmure Mona en enroulant les bras autour de son cou.

Au moment où ses lèvres touchent les siennes, Félix a l'impression d'entendre des clochettes carillonner et de voir des paillettes tournoyer autour d'eux. Elle laisse échapper son rire musical. Il resserre les bras autour d'elle et se dit qu'il n'a aucune envie de la lâcher. Jamais. Elle est son lutin venu du froid pour lui réchauffer le cœur. Sa magicienne. Son miracle de Noël.

ÉLODIE

*

Adèle Bréau

L'HÔTEL DU VAL DES NEIGES

Félicitations, vous êtes notre heureuse gagnante !

Plus que quelques minutes, et ç'en sera enfin fini de ce périple. Certes, c'est la première fois en... une vie qu'Élodie quitte Estaing. Alors, n'importe quel voyage lui aurait probablement paru long mais, tout de même, si elle avait su que ça prendrait si longtemps d'accéder à ce fichu Hôtel du Val des Neiges, elle n'aurait peut-être pas accepté. Quoique. Elle serait bien allée n'importe où. Ça fait vingt ans qu'elle fait des concours. Qu'elle découpe les bons de réduction, tape 1 ou

2 avant d'envoyer sa réponse au 81212, remplit des coupons-réponses, scanne des QR codes, glisse des bulletins dans de grandes urnes en carton d'hypermarchés. Il fallait bien que ça marche un jour ! Oh, elle a déjà gagné. Des échantillons, des livres, des tablettes de chocolat, et même un grille-pain, qu'elle ne trouve pas très joli mais qu'elle admire chaque matin parce qu'il est le témoignage objectif que tout ce temps passé n'a pas été vain. Et puis, il y a eu ce voyage, enfin. Le premier prix ! Élodie se souviendra de cet appel toute sa vie. « Madame Sarrazin ? Nous avons le plaisir de vous annoncer que vous êtes la grande gagnante de notre concours Boule de neige. » Elle a cru à une blague, bien sûr. Une potacherie d'Estelle ou Astrid, les copines de toujours – jamais parties d'Estaing elles non plus, d'ailleurs. Mais non. Elle avait bien gagné. Un séjour pour deux au Grand Hôtel du Val des Neiges, un luxueux palace au pied du mont Blanc. En pension complète tout compris. Même le spa et la location de skis. Rien à débourser, ni sur place ni en amont. Seulement un créneau à caler pour les cinq nuits offertes. Ah non, Noël, ça n'était pas possible, en revanche. Pas le même budget. Et puis l'hôtel serait complet. La générosité des chocolats Boule de neige avait ses limites, il ne fallait pas pousser. Allez, elle partirait le 24 au matin. « Check out à onze heures précises, d'accord, madame Sarrazin ? Mais l'hôtel pourra probablement garder votre bagage si votre train est un peu plus tard. Vous pourrez patienter dans les parties communes. Enfin, vous verrez tout ça sur place. Bon séjour ! Et encore bravo ! »

— Bon séjour, et encore bravo !

— Pardon ?

— On est arrivé, ma petite dame. C'est là ! Il ne vous reste plus que quelques minutes dans les œufs et vous y êtes ! Vous en avez, de la chance, souffle le chauffeur de taxi, pensif. Vous savez combien ça coûte, une nuit ici ?

— Pas vraiment.

— Moi non plus, mais je peux vous dire que c'est une aubaine que vous ayez gagné cette semaine-là, parce que ici, moi, j'amène des gens très riches. Importants, vous voyez. Et même des célébrités. Je vous dirai pas qui, c'est pas mon genre. Ces gens-là, ils aiment bien la discrétion, vous voyez. Parce que, dans les endroits très chers comme cet hôtel, ils sont tranquilles. Bon, je vous descends votre valise ?

— Oui, merci.

Ce faisant, le type jette un regard empreint d'un certain mépris sur le sac à 19,99 euros qu'Élodie a choisi pour y fourrer ses affaires. Il est grand, fonctionnel, comporte une sangle et c'est le seul dont elle dispose, puisqu'elle ne voyage jamais. Puis elle fouille dans son porte-monnaie et lui tend la somme colossale qu'il lui a annoncée avant qu'elle ne monte dans son véhicule. Boule de neige ne prend pas en charge les taxis non plus. Et il était trop tard pour monter dans une navette, qui s'arrête à dix-sept heures. Comme le jour, qui tombe si tôt qu'Élodie se demande ce qu'elle va bien pouvoir faire pendant toutes ces heures d'obscurité, seule, perdue dans cette immensité enneigée.

***

À la réception, il y a foule. Ce doit être le jour des arrivées. L'hôtel est somptueux. Élodie se retient de pousser un grand « waouh », ça ne serait vraiment pas chic. Mais elle n'a jamais rien vu d'aussi grand. Au fond, elle aperçoit une immense cheminée où parade un feu qu'elle rêve d'approcher. Elle fera ça tout à l'heure. Pour l'instant, elle patiente derrière une dame très chic qui semble accaparer l'attention d'un monsieur très élégant quoique probablement un peu coincé.

— Notre plus belle chambre, la 41. Je vais vous y conduire, si vous le voulez bien, dit-il enfin, avant de contourner le pupitre de bois brut.

Au passage, il la bouscule avec peu de ménagements, jetant lui aussi, jurerait Élodie, un regard plein de condescendance au pauvre sac qui lui tient lieu de bagage. La dame, très bien, elle, est entourée de valises monogrammées qu'il saisit en lui adressant un grand sourire.

— Nour, tu t'occupes de la dame ?

— Oui ? Madame ?

— Eh bien… j'ai… une chambre qui doit être à mon nom normalement.

— Normalement ?

— Oui, eh bien. Je l'ai…

Élodie s'approche de la jeune femme et chuchote. Elle ne voudrait pas faire des envieux. Sa mère lui a appris que le monde était fait de jalousie. Jusqu'à aujourd'hui, ça lui faisait une belle jambe parce qu'elle ne voit pas bien qui aurait pu être jaloux d'une fille comme elle, épicière à Estaing, mariée depuis dix-sept ans à Jean-Pierre, dit JP, ni beau ni laid, son amoureux de terminale, le seul avec lequel elle ait finalement partagé sa salive et sa couche, les comptes, les inventaires, un goût prononcé pour les programmes télé des chaînes hertziennes et une grande propension à n'attendre rien d'autre de la vie qu'un peu de soleil le matin. Bref, rien qui puisse lui attirer la colère des dieux ou de ses semblables. Mais là…

— J'ai gagné le concours Boule de neige.

— Pardon ?

La musique jazzy qui a envahi le hall de l'hôtel et les grappes de clients et de skieurs enjoués qui ne cessent d'entrer et sortir rendent la communication pour le moins compliquée. Alors, Élodie se voit obligée de hausser la voix.

— J'ai gagné le concours. Vous savez, celui des chocolats de Noël.

— Ah, c'est vous ? Bravo ! Et bienvenue. Ça, on peut dire que vous en avez, de la chance. Pouvez-vous me rappeler votre nom ?

— Sarrazin.

— M. et Mme Sarrazin.

— Non, juste moi.

— Oh, pardon. Bien sûr, je ne vois pas pourquoi on devrait être en couple. Vous savez quoi, vous serez encore mieux toute seule dans cette belle chambre. La plus belle. La 40. Puis-je prendre une empreinte de votre carte bancaire ?

Élodie manque de s'étrangler.

— Ne vous inquiétez pas. C'est la procédure, mais nous ne prélèverons rien sans votre accord. Seuls les extras vous seront facturés en fin de séjour. Mini-bar et… Ah, mais c'est tout ! Je vois que votre forfait inclut le spa à volonté, les cours de ski, tous les repas et boissons même alcoolisées. Formidable. Voulez-vous que nous calions tout de suite des créneaux ? Je ne saurais trop vous le conseiller.

— Eh bien… Je n'ai jamais skié.

— Aucun problème ! Nous avons un cours pour les débutants. Collectif. Ça vous dit ? Le matin à dix heures. Essayez, ça ne coûte rien. C'est le cas de le dire. Demain matin ? Je vais vous montrer où est notre ski room, où vous pourrez aller ce soir emprunter du matériel. Et puis, je vous cale ensuite un soin pour le corps à dix-huit heures pour votre retour ? Allez, ne dites rien je m'occupe de tout. Madame Sarrazin, votre histoire m'enchante. Ah, mais si j'étais vous, je ne me refuserais rien. Profitez ! Je ne devrais pas vous dire ça, mais vous n'imaginez pas le prix de toutes ces choses qui vous sont offertes. Si mon patron m'entendait, il me tuerait mais, moi, je me mets à votre place. Alors, je compte sur vous. Vous et moi allons faire de votre séjour un rêve, d'accord ?

— D'ac…

— Le voilà !

— Qui ça ?

— Mon patron. Monsieur Hubert. Je compte sur vous.

Pendant qu'elle signe les papiers, Élodie entend ledit Monsieur Hubert s'adresser à son employée, ne se donnant guère la peine de baisser la voix.

— Qui est cette énergumène ?

Élodie entend Nour, très gênée, tenter de lui faire comprendre. « Boule de neige », répète-t-elle plusieurs fois, jusqu'à le dire très fort lors d'un interlude musical. Élodie ne lève pas la tête. Elle a beau être vexée, elle aime encore moins gêner les gens, alors elle fait comme si elle n'avait rien entendu, avant de suivre sa bienfaitrice, semble-t-il surexcitée, qui flanque d'un coup sec son sac sur un immense chariot doré recouvert de velours rouge, qu'elle engouffre dans l'ascenseur non sans avoir salué quelques clients croisés sur son passage.

— Pour la réception, vous faites le 0, d'accord ? Et pour le room service, le 9. Ça, c'est à vos frais, n'oubliez pas. Là, vous avez la salle de bains, le mini-bar, le bureau, les rideaux, que vous ouvrez et fermez avec la télécommande, comme le reste des utilitaires de la chambre et les luminaires. Là, la machine à café, quatre dosettes par jour, deux décas, deux bouteilles d'eau, une plate, une gazeuse. Les oreillers, vous en avez six, mais voici notre catalogue à oreillers supplémentaires. Pour en commander, vous appelez le 4. Nous en avons dix-sept, de toutes les tailles, formes et fermetés. *Idem* pour les housses : satin, coton, gaze de coton, soie. Vous pouvez descendre au spa en peignoir directement depuis l'ascenseur. La piscine est au même étage. Comme le sauna, le hammam et notre bar à fruits secs. Eh bien… voilà, je crois que je vous ai dit le principal. Vous avez des questions ? Besoin de quelque chose ?

— Pardon ?

— Je vous laisse ?

— Oui, oui. Merci beaucoup.

— Vous inquiétez pas pour le pourboire. Les « concouristes », c'est comme les journalistes, je sais bien que vous n'avez pas les mêmes moyens que les vrais clients. Allez, à tout à l'heure, madame Sarrazin, et encore bravo !

Élodie n'entend même pas la porte claquer. Elle est hypnotisée par la montagne. Sa chambre se trouve à un angle de l'hôtel et les deux murs sont intégralement percés d'immenses baies vitrées qui lui donnent l'impression d'habiter sur les cimes enneigées. Perché à cette hauteur, le Grand Hôtel du Val des Neiges offre une vue connue dans le monde entier, et l'impression de léviter au-dessus de l'immensité de la vallée. Un sentiment d'apaisement total gagne Élodie, en même temps qu'une légère angoisse qu'elle choisit de faire taire. Elle s'est juré de profiter. De ne pas culpabiliser. D'accepter ce que la vie a choisi de mettre sur son chemin pour la première fois. Une grande surprise, un déracinement. Oui, aujourd'hui, c'est presque comme si elle naissait pour la seconde fois. Alors, nulle ou pas, elle est bien décidée à profiter de tout ce que le Grand Hôtel du Val des Neiges lui propose. Et c'est avec un bel enthousiasme que, après avoir étendu les quelques pulls et jeans contenus dans son sac, elle descend au « ski room » pour y prendre sa tenue.

Il y fait une chaleur de bête. Enfants, parents, il semble que tout l'établissement se soit donné le mot pour réserver au même moment son matériel de ski. Élodie attend sagement son tour, comme un homme placé dans la queue devant elle, plongé dans son téléphone, l'air concentré. Pour ne pas dire excédé. Il a de beaux cheveux, un sweat sombre, des baskets et des épaules rassurantes. Élodie a toujours aimé regarder les épaules des hommes. Celles de JP sont étroites, tombantes. Tristes, en somme. L'homme au portable lève parfois les yeux pour vérifier que son tour n'est pas venu. Chaque fois, il croise le regard d'Élodie. C'en est presque gênant, et elle se sent légèrement rougir. Devant le miroir situé juste à côté d'elle, une dame très bruyante ne se lasse pas d'essayer d'immenses masques de ski. Élodie tente de vérifier son reflet. Elle se trouve blanche, le cheveu frisottant, voûtée. Alors, elle se redresse comme le lui serinait sa mère lorsqu'elle avait encore l'espoir que sa fille fasse ce qu'elle appelait « un beau mariage », sans qu'Élodie ait finalement jamais su si elle pensait là à un mariage d'amour ou d'argent. La pauvre femme ayant été écrasée par la camionnette du postier le lendemain du jour où Élodie avait concédé son premier baiser à Jean-Pierre, celle-ci ne le saurait jamais. Pas plus qu'elle n'aurait l'avis de cette femme ferme mais fascinante qui était le centre de sa vie.

— C'est à qui le tour ?

— À monsieur, je crois, dit Élodie en rougissant à nouveau.

— Monsieur ?

— Hein ? Non. Faites passer madame. Je vais avoir un call. Je repasserai. Allez-y.

— Oh, mais non, vous étiez là bien avant moi, je…

Mais elle n'a pas le temps de finir sa phrase. L'homme a déjà filé, après avoir posé sa paume sur son épaule, ce qui a provoqué une décharge électrique dans le corps entier d'Élodie. De la racine de ses cheveux frisottés au bout de ses orteils. Qu'est-ce qu'il a bien voulu lui signifier en la touchant comme ça ? Ça n'est pas anodin, tout de même. Comme de lui laisser sa place après l'avoir ouvertement – oui, ouvertement –, observée à la dérobée. *Ouah.* Élodie est là depuis seulement quelques minutes, allez, une heure, et elle a déjà une histoire. Est-ce qu'on peut appeler ça une histoire ? C'est un peu tôt, mais dans les films qu'elle regarde avec frénésie quand JP plonge dans des séries d'espionnage ou de dealers et quand il n'y a ni *Top Chef* ni *Koh-Lanta* pour réunir leurs goûts divergents, bref, la plupart du temps en été, les coups de foudre se passent comme ça. Au moment où on s'y attend le moins. Paf, ça vous tombe dessus. En jogging, chaussons d'hôtel et pull de montagne. Dans un lieu où on n'était pas destiné à aller. Quoique… La destinée est quelque chose qui nous échappe, finalement. Enfin voilà. Élodie vit son *Dirty Dancing*. Son *Mon père ce héros.* Après toutes ces années où, à chaque nouveau client qui entrait dans l'épicerie, elle s'est demandé si le prince charmant débarquerait enfin – comme dans *Coup de foudre à Notting Hill* –, ça avait fini par arriver. Elle allait vivre une folle histoire d'amour dans un hôtel de luxe. La vie était incroyable.

— Alors, qu'est-ce qu'on prend ? Snowboard, paraboliques, skis de fond, raquettes ?

— Pardon ?

***

Élodie a mis un peu d'ombre sur ses yeux. Elle est repassée à sa chambre après l'épreuve du ski room, où il a fallu expliquer son ignorance totale des sports de neige, donner son poids devant tout le monde pour faire régler ses skis, essayer d'abominables chaussures qui lui broient littéralement les pieds, expliquer que non, elle n'a pas de combinaison de ski ni de gants mais qu'elle n'a pas non plus les moyens d'acquérir le nécessaire à la boutique, surtout pour cinq jours, voire une seule journée de tentatives. Après tout, elle s'en fiche de tout ça, ce qui l'intéresse, c'est de revoir son beau prince charmant. Cet homme à la peau brune, aux yeux envoûtants dont elle a la chance de partager le lieu de résidence. Elle a fouillé dans ses affaires mais n'a décidément rien à se mettre. Voilà ce que c'est que de n'avoir rien changé dans sa vie depuis vingt ans, et même abandonné l'idée de séduire qui que ce soit parce que... à quoi bon ? Les séances shopping avec Estelle et Astrid, il y a bien longtemps qu'elle n'y participe plus, à leur grand désespoir, elles qui lui répètent que, ne serait-ce que pour elle, elle devrait s'acheter une jolie robe, des chaussures, aller chez le coiffeur… Ce soir, elle regrette amèrement ses refus en observant son reflet. Elle est plutôt jolie, se dit-elle, en tout cas mieux que la plupart des femmes de son âge qu'elle regarde le soir dans les reportages sur les familles nombreuses ou les petits copains fans de tuning, mais pour le reste, elle sent bien qu'elle ne va pas rentrer dans le moule. Tant pis, elle a fait avec ce qu'elle avait et forcé un peu sur le maquillage. Puis elle a commandé au bar le cocktail de bienvenue. Elle a vu qu'il y avait un happy hour de dix-sept à dix-neuf heures et en a ressenti une petite tristesse quand elle s'est souvenue qu'elle avait open bar. Élodie aime jouer, gagner de petites choses, débusquer les bons plans. Là, il n'y a rien de drôle.

— Je peux m'asseoir ici ? demande-t-elle à cette dame chic de la 41, « la plus belle chambre de l'hôtel », comme le lui a assuré le directeur.

Élodie se demande bien comment une chambre peut être plus belle encore que la sienne. Il y a une ambiance très chaleureuse dans l'hôtel. Chacun a revêtu un pantalon confortable et un pull élégant comme on en voit dans les téléfilms de fin d'année. Une douce musique de Noël ponctue les conversations et un immense sapin qu'Élodie n'avait pas remarqué finit d'enchanter ce décor qui donne sur la montagne illuminée de-ci de-là de probables restaurants ou refuges.

— Je vous en prie, faites, lui répond la femme en lui tendant une épaisse main pleine de bagues. Agatha de Bois Lagarde.

— Élodie Sarrazin.

— C'est amusant.

— Quoi donc ? demande Élodie en avalant de grandes gorgées de son cocktail, tout en balayant l'assistance du regard pour repérer l'objet de ses convoitises.

— Votre nom.

— Ah, vous trouvez ? Le vôtre aussi, cela dit.

— Si vous le dites. Bon, ce sont les noms de nos maris après tout. Enfin, j'imagine. Vous êtes mariée ?

— Mmh ? Ah, oui oui.

— Et votre mari, il est... ?

— Il est ?

— Mort ?

— Oh non ! Il garde la maison. Et le vôtre ?

— Il est mort.

— Oh, le voilà !

— Qui ça ?

— Non personne. Vous disiez ?

— Que mon mari était mort mais ça n'a pas d'importance. Mais qui est arrivé ?

— Vous voulez un autre cocktail ? Je vous l'offre.

— Volontiers, mais permettez-moi de vous l'offrir. Vraiment, j'insiste, j'ai absolument les moyens.

— Oh, vous inquiétez pas, pour moi, c'est gratos. Tout. J'ai gagné mon séjour dans un concours.

— Vous n'êtes pas sérieuse ? Une pochette surprise ?

— En quelque sorte. Pension complète, quatre jours cinq nuits. Et l'alcool à volonté. Sauf le minibar. Allez ! Cosmo ?

— Banco !

Élodie a un peu la tête qui tourne lorsqu'elle revient avec les deux cocktails et qu'elle se rassied auprès de sa nouvelle amie, qui s'est décalée de sorte qu'elles aient toutes les deux la meilleure place près de la cheminée.

— Vous promettez de ne rien dire ?

— Bien sûr, ma chère. Je ne connais pas grand monde à part vous, ici. Et ce monsieur de la direction.

— Il vous aime bien, j'ai l'impression.

— Je pense qu'il aime surtout mon portefeuille.

— Non non, je le vois, moi, quand il y a quelque chose entre les gens. Justement, vous me demandiez… bon, si vous insistez, donc. Vous voyez ce très très bel homme, là-bas ?

La dame chausse ses lunettes, qui pendent au bout d'une chaîne sur son voluptueux corsage.

— Pas du tout.

— Mais si, fait Élodie en tentant de ne pas parler trop fort. Là, sur la petite table, au bout.

— Celui qui a le nez dans son téléphone ?

— Oui, glousse-t-elle.

— Il n'a pas l'air si beau. Surtout, il semble très nerveux. Eh bien ?

— Il s'est passé quelque chose entre nous. Tout à l'heure.

Élodie aspire fort sur sa paille. Il n'y a presque plus rien dans son verre, qu'elle a bu d'une traite et le bruit inélégant que cela produit fait sursauter leurs voisins. Elle s'en fiche. Tout à son histoire, elle raconte en détail à sa confidente ce « eye contact », comme celle-ci lui apprend qu'on appelle cet événement fou qui lui est arrivé quelques heures plus tôt.

— Allons dîner, vous voulez bien ? Mais dites-moi, et votre mari, celui qui garde la maison. Pourquoi n'est-il pas venu avec vous ?

— Eh bien… Vous promettez de ne rien dire ?

— Mesdames, désirez-vous un coin à deux ou est-ce que je vous place à l'une de nos tables d'hôtes pour faire connaissance avec nos autres convives ?

— Voilà, faites cela, répond Agatha sans qu'Élodie ait eu le temps de se poser la question de sa propre préférence.

— Avant qu'on s'asseye, il faut que j'en parle à quelqu'un…

— Oui, vous m'avez l'air d'avoir besoin de parler.

— Je ne lui ai rien dit. À Jean-Pierre. Je ne lui ai pas dit pour le concours Boule de neige. Je ne sais pas pourquoi. Pourtant, il ne se passe tellement rien dans notre vie que je lui raconte tout, vous imaginez, sinon on ne parlerait de rien. Mais quand la dame m'a appelée, je ne sais pas, j'ai eu la sensation qu'il fallait que je garde ça pour moi. Et puis les jours ont passé. Et me voilà. J'ai fait ma valise hier soir pendant qu'il dormait. Le train partait très tôt. J'ai filé avant qu'il fasse jour. Jean-Pierre a le sommeil très lourd, de toute façon. Je savais que ça ne poserait pas de problème. Et je suis partie. Depuis ce moment-là, je n'ai pas rallumé mon téléphone. Personne ne sait que je suis là. À part vous. Voilà.

— Il ne me manquait plus que cela, marmonne Agatha de Bois Lagarde tandis que le serveur les escorte jusqu'à une grande table de ferme où sont déjà installés des convives auxquels elle va devoir faire la conversation. Avant qu'elles aient rejoint celle-ci, Élodie a néanmoins le temps d'agripper sa confidente par le bras, pleine d'espoir.

— Dites, vous me prêteriez des vêtements de ski ? Juste pour une journée ?

***

— Élodie ! Fais attention, regarde bien le siège. Voilà, plie les jambes et tiens bien tes bâtons !

Jamais elle n'aurait cru que ce serait si difficile. Élodie a enfilé la combinaison de ski dorée que lui a prêtée Agatha. Évidemment, elle aurait préféré quelque chose de plus discret mais elle n'est pas vraiment en position de faire la difficile. Elle a remercié sa nouvelle amie, vérifié que sa chambre n'avait rien à envier à la sienne, « la plus belle de l'hôtel », et hérité d'une paire de moufles roses d'une grande marque de luxe dont elle se souvient avoir maintes fois rêvé gagner le parfum au concours Marionnaud de la fête des Mères. Puis, après le petit déjeuner, elle est descendue au ski room où elle a secrètement rêvé croiser à nouveau l'élu de son cœur et de sa nuit, laquelle avait été peuplée de son visage et de mille et un scénarios les réunissant. Malheureusement, elle n'a croisé là-bas que des dizaines de clients impatients de dévaler les pistes inquiétantes qu'elle observait par la fenêtre, la boule au ventre, et les pauvres hères de son cours grands débutants qui, comme elle, semblaient peu confiants quoique bien moins équipés.

— Toi, tu dois bien skier avec un matos pareil ! lui a lancé le professeur de ski, doudoune rouge, peau burinée et rouge à lèvres trop blanc.

Puis il a rapidement déchanté. C'est bien simple, depuis qu'ils ont quitté l'Hôtel du Val des Neiges, la journée d'Élodie est un cauchemar. Elle est tombée trois fois du tire-fesses, a fait arrêter le télésiège parce qu'elle a trop attendu pour s'y asseoir, manqué d'éborgner sa voisine d'infortune avec ses bâtons et passé une grosse partie de ces premières heures de « découverte montagnarde » le postérieur dans la neige et le moral dans les chaussettes. Pourtant, Raoul, son moniteur, fait preuve d'une patience infinie – davantage que ses compagnons, qu'elle soupçonne d'avoir menti sur leur niveau réel. Élodie les trouve très à l'aise.

— À quelle heure on rentre, déjà ? demande-t-elle, à bout de forces.

— Seize heures, à la fermeture des pistes. Mais tu t'ennuies déjà avec nous ?

— J'en ai marre, avoue Élodie, qui vient une nouvelle fois de croiser ses satanés skis.

Elle est lamentablement échouée au sol, piégée par ces grandes planches qui pendent au bout de ses pieds, incapable de bouger, comme une tortue qu'on aurait laissée sur le dos, agitant ses petits pieds dans le désespoir le plus total.

— Allez, courage, tu vas y arriver ! continue Raoul, qui la fait déchausser, la redresse, et dispose ses skis au sol pour qu'elle puisse rechausser.

À cet instant, Élodie pousse un petit cri, à peine perceptible, mais que Raoul, tout près de son visage, entend. Devant eux vient de passer, le port altier et l'allure professionnelle, le très bel homme de l'Hôtel du Val des Neiges. Il finit sa course dans un élégant jet de poudreuse qui scintille au soleil, plante ses bâtons au sol, plie ses skis avec humeur, les dépose sur le réceptacle de bois prévu à cet effet et fonce vers le restaurant d'altitude où se reposent quelques individus bien inspirés qu'Élodie envie de loin depuis le début de la matinée.

— Je vais faire une petite pause, décrète-t-elle. Vous me rejoindrez pour le déjeuner ?

— Ah non, on mange à l'hôtel, répond Raoul, enthousiaste.

— Parfait, venez me chercher quand vous rentrez. En attendant, je vais me reposer un peu ici, je pense que c'est mieux.

S'il a l'air déçu par son manque de courage, le moniteur cède pourtant. Quant à Élodie, elle fait peu de cas de cet abandon ; elle sait que c'est lâche mais elle n'a pas non plus prévu une reconversion dans les sports d'hiver. Et puis elle fait bien ce qu'elle veut. Elle n'a pas tout plaqué pour se faire traiter comme une collégienne en cours d'EPS. Elle n'a jamais été douée pour le sport en général, garde un très mauvais souvenir de l'école pour cette raison en partie et n'a pas envie de renouer avec ces douloureux souvenirs. Elle laisse donc repartir son bourreau des cimes et s'engouffre avec frisson et le maximum d'élégance possible dans cet antre d'athlètes aux odeurs de fromage fondu. Son cœur bat très fort lorsqu'elle voit l'homme sur un transat, face à la montagne, faisant coulisser la fermeture Éclair de son anorak. Osera-t-elle s'approcher ? Elle pourrait tout aussi bien prendre une table pas loin, ce serait plus discret. Oui, mais elle n'est là que pour quelques jours. Alors, Élodie s'approche aussi gracieusement que possible, chaussée de ses immondes chaussures qui font *ploc ploc* et lui donnent la démarche d'un cosmonaute sous ecstasy, et se laisse lourdement retomber dans le siège aux couleurs d'un célèbre soda qui se trouve une place plus loin que celui de son béguin – sinon, ça aurait été un peu trop, elle le sait bien. Morte de honte, Élodie se rend compte qu'elle porte encore le casque hideux que le moniteur l'a obligée à enfiler lorsque l'homme magnifique tourne la tête vers elle. Elle sourit timidement en tirant sur la sangle énervante accrochée sous son cou.

— Bonjour.

Il esquisse ce qui ressemble à un sourire et cherche le serveur du regard. Il a l'air contrarié. Cet homme-là doit avoir des problèmes. *Comme nous tous*, pense Élodie, qui éloigne rapidement l'image de Jean-Pierre seul devant le grand lit vide hier matin, ouvrant sans elle l'épicerie, tapotant sur la caisse enregistreuse, faisant réchauffer une soupe en brique et piochant dans le stock des tablettes de chocolat comme ils le font chaque mercredi soir pour regarder *Le Meilleur Pâtissier*, l'émission qu'ils suivent en duo depuis plus d'une décennie avec les mêmes constance et entrain. A-t-il essayé de l'appeler ? Probablement. En revanche, il y a peu de chances qu'il ait fait appel à la police ou à Interpol pour retrouver sa compagne disparue, ni même alerté les médias comme cet homme abject qui fait la une des journaux depuis plusieurs mois, prétendant que sa femme aurait filé dans la nuit. Jean-Pierre est trop passif, pense Élodie. Et puis il aura bien vu qu'elle a emporté sa brosse à dents, ses petites culottes et sa boîte à coupons, celle dans laquelle elle entrepose les réductions, son agenda lui rappelant les différentes dates de tirage au sort, d'annulation d'abonnements, de numéros à contacter pour participer au concours, les échantillons arrachés dans les magazines ou offerts par certains fournisseurs lors de grosses commandes. Oui, il aura forcément compris, même s'il n'est pas si malin, qu'elle est partie tout simplement.

Elle a beau lutter, la sangle ne veut pas céder, et Élodie ne trouve pas l'attache qui la délivrera. Alors elle tire de toutes ses forces pour s'arracher à cette prison de plastique qui lui donne si chaud et dont elle doute fort qu'elle la mette à son avantage.

— Madame, vous désirez ?

— Un… chocolat chaud !

— Vous voulez que je vous aide ?

— Vous seriez adorable.

La jeune fille pose son plateau sur le siège qui sépare Élodie de l'homme magnifique. Puis elle se penche, parvient en un clin d'œil à lui ôter le casque qu'elle tire ensuite d'un coup sec.

— Et voilà !

Les cheveux d'Élodie sont tout collés. Entre la sueur, le froid, la neige qui leur est tombée dessus de bon matin et les heures passées dans cette fournaise, ses maigres mèches auburn travaillées par Astrid doivent avoir piteuse allure. Alors elle place le masque de ski imposé par Raoul au moment du départ, lorsqu'il s'est rendu compte qu'elle n'était finalement pas si bien équipée que cela, sur son front, comme un serre-tête de fortune dont elle se dit que ça doit être pas si mal. Enfin, pas pire en tout cas que ces pans de cheveux qui lui donnent forcément l'air d'une belette perdue dans cette buvette perchée en haut d'une montagne.

— Vous êtes à l'hôtel, vous aussi ? ose-t-elle après que la serveuse a déposé leurs boissons sur la petite table placée entre eux deux – ce partage faisant frissonner Élodie.

Elle est pourtant persuadée d'avoir parlé fort. Mais son compagnon du jour ne lui répond pas. Alors, elle attrape sa tasse brûlante, qu'elle cogne contre son café à lui avec un enthousiasme démesuré.

— Allez, aux vacances ! Et à Noël !

Il relève la tête une seconde, la considère, esquisse une moue étrange et replonge le nez dans son téléphone. Ce qui ne décourage guère Élodie.

— C'est vraiment un bel endroit ! Je ne sais pas si vous venez souvent mais, moi, c'est la première fois. Pas que je ne voyage pas, hein. J'imagine que, vous aussi, vous êtes habitué à ce genre d'établissement. Mais c'est vrai que je suis plutôt plage, la plupart du temps. Les... Seychelles, Saint-Bart... Elle sèche. Enfin, les îles et le soleil. On est tous un peu comme ça. Mais j'avoue que la montagne est belle. Et puis, le ski, quelles sensations ! Vous restez jusqu'à Noël ?... Bon, parce que moi, non. Enfin bien sûr, je pourrais. Quoiqu'il faudrait que je trouve une solution pour le logement, je ne sais pas si l'hôtel a encore des chambres pour le 24 et... Oh, regardez, ils font un tirage au sort tous les jours à treize heures ici. Selon le numéro de votre ticket de caisse, vous pouvez gagner un apéro. C'est sympa, non ?

— Élodie ! On est là, tu nous rejoins ? On fait une petite pause vin chaud.

Raoul et tout le groupe sont en train de s'avancer, claudiquant, vers une table au loin, sous l'enceinte qui crachote une version remasterisée de *Jingle Bells*. Élodie hésite un instant.

— Je crois que vos amis vous attendent, marmonne l'homme magnifique.

Sa voix est veloutée, elle la fait frissonner. Plus belle encore que ce qu'elle avait imaginé.

— J'ai été... enchantée. Peut-être à ce soir, alors, dit-elle dans un souffle, parce que celui-ci lui manque, et que son cœur bat à tout rompre.

Sans un mot, celui-ci relève pourtant un instant la tête, tandis que ses yeux d'un noir troublant la font fondre littéralement.

***

« Nul si découvert. » En col roulé bleu datant des années 1990, les cheveux ramenés en arrière par deux petites barrettes strassées et le nez rougi par le soleil des pistes, Élodie gratte avec frénésie. Elle sait qu'elle doit contourner ce petit espace si elle veut pouvoir valider ses gains. Elle est à l'hôtel depuis trois jours et elle a croisé Félix sept fois. Au ski room, sur les pistes, au petit déjeuner – leurs mains se sont même frôlées lorsqu'elle a posé après lui sa tasse sous le jet de la machine à café, dans l'ascenseur – ce jour-là, elle a bien eu l'impression qu'elle allait défaillir. Sa machine à fantasmes s'est lancée à toute allure. Leur duo lui est apparu tour à tour et en quelques secondes seulement nu sur le couvre-lit en peau de sa chambre, nu et ruisselant sous sa douche, passionnément amoureux devant la cheminée de l'hôtel, main dans la main dans les rues de la station, nus et heureux, une coupe de champagne à la main dans le jacuzzi extérieur devant les monts enneigés miroitant sur la nuit étoilée, habillés de blanc devant le curé d'Estaing, dans la minuscule église qui a vu s'unir ses parents… Puis elle l'a recroisé à la maison de la presse, à la réception et dans les couloirs de l'hôtel, d'autant que leurs deux chambres sont adjacentes, un coup du destin supplémentaire qui la rend folle de joie et d'excitation. Cette fois-ci, il lui a même parlé. Quel timing parfait ! Élodie venait tout juste de profiter des services du coiffeur de l'hôtel, qui lui avait proposé une « mise en beauté » après son soin au spa. D'ailleurs, elle s'était demandé ce que les gens pouvaient bien trouver comme plaisir dans cette étrange pratique. Rester allongée un temps infini dans le silence, offrir son épiderme en jachère à une étrangère pour qu'elle le malaxe, enfiler une culotte en papier et une charlotte sur la tête, se retenir de pouffer… Elle s'était bien ennuyée avant de craquer et de finalement tout déballer à sa « praticienne », Emma, une gentille fille originaire de la région manifestement ravie de travailler chez cet employeur que toute la vallée lui envie. Alors, Élodie avait raconté le coup de foudre, les petits regards, les frôlements, les manœuvres pour croiser Félix – puisque c'est ainsi qu'il s'appelle –, les petites infos glanées çà et là en se renseignant, en l'écoutant aussi parfois au téléphone – « Il est propriétaire d'un immeuble à Paris, vous imaginez ? Et directeur d'une société qui crée des produits financiers. Ça en jette. » Élodie n'a aucune idée de ce que ça peut bien signifier mais elle s'imagine Félix en costume, les bras chargés de dossiers, invectivant des collègues paresseux soumis à sa fulgurance d'esprit et à ses analyses brillantes, à la fois éblouis et un peu apeurés par cet être d'exception. Elle en frissonne. Après l'avoir longuement écoutée, tenté de se confier elle aussi sur son béguin pour Jules, le barman, qu'Élodie n'a jamais remarqué, Emma l'a beaucoup conseillée. Et lui a notamment dit qu'on n'attrapait pas « les mouches avec du vinaigre ». Alors, elle l'a envoyée chez Cyril, qui a refait sa couleur – elle est brune, depuis, comme Monica Bellucci – et passé « un coup de ciseaux dans ce petit nid », tel qu'il a qualifié, l'air absolument dépité, le carré plongeant que lui arrange Astrid depuis leurs années collège. Le résultat est incroyable. Évidemment, ça n'a pas loupé, ce matin-là, Félix est venu la voir. Élodie ne pensait pas que ça tenait à ça, l'amour. À un changement de coiffure. Elle en a été un peu déçue mais n'a pas non plus boudé son plaisir. Oui, ce matin-là, au sortir du spa, le beau Félix Baltimore l'a agrippée par le bras de son peignoir brodé à l'effigie de Hôtel du Val des Neiges, s'est approché d'elle, faisant virevolter l'incroyable odeur de son parfum musqué mêlé à celui de sa peau, a approché sa bouche ourlée du visage d'Élodie qui n'en menait pas large et lui a adressé la parole. Évidemment, elle était dans un tel état qu'elle n'a pour ainsi dire rien compris de ce que lui a raconté l'objet de sa passion. Un manifeste quiproquo concernant une certaine Mona dont elle devrait se méfier. Jean-Pierre aurait-il pu embaucher quelqu'un pour la retrouver ? Elle l'imagine mal ouvrant son bottin – d'ailleurs, ils devraient les jeter. Ces trucs-là encombrent la réserve depuis des décennies alors que plus personne n'y figure, pas même le plombier qui a cédé depuis belle lurette au numéro de portable qu'il partage sur des magnets déposés dans les boîtes aux lettres. Et puis, elle s'en fiche pas mal, se doute bien que tout ça n'est qu'un prétexte pour l'aborder. C'est un peu gros, tout de même. Comme cette histoire de télécabines en panne, dont tout le monde parle depuis ce matin. Élodie ne sait pas si elle doit s'en réjouir ou non.

***

Sans qu'Elodie y ait prêté attention, le séjour touche à sa fin. On est le 23 décembre. Demain, elle devra quitter sa chambre avant onze heures. Comme tous les jours maintenant, elle mettra son réveil à sept heures, se lèvera pour aller ouvrir les épais rideaux qui obstruent les baies vitrées, puis retournera se glisser sous la couette blanche aérienne. Elle tapotera les oreillers et observera la montagne, ses sommets à perte de vue, les jolies alternances de gris et de blanc parsemées de minuscules sapins enneigés, et puis le soleil qui finit par poindre dans le bleu éclatant du ciel, comme une promesse. Chaque journée ici a été un enchantement. Élodie a rencontré des gens incroyables, nouveaux, différents. Certains l'ont émerveillée, d'autres étonnée. Même à ceux qui l'ont un tantinet méprisée – elle n'est pas idiote, elle voit bien qu'elle détonne dans cet univers d'individus habitués au luxe, au voyage et au confort –, elle a pardonné, bien décidée à profiter de chaque seconde de cette parenthèse enchantée. Sans compter son cœur qui bat comme lorsqu'elle avait quatorze ans et qu'avec les copines, elle collait dans ses classeurs les photos de chanteurs de boys band dont elles comparaient les charmes. Depuis l'arrivée de Jimmy Mariani, tout l'hôtel semble être dans le même état d'esprit. Sur son passage, les femmes se retournent et chuchotent, les hommes soupirent, excédés par tout ce barnum. Élodie s'en fiche pas mal, tant qu'on ne lui vole pas son Félix. Mais, depuis, il règne entre les murs du Grand Hôtel du Val des Neiges une atmosphère électrique, pour ne pas dire sexuelle. Tandis que le soir de Noël approche, l'excitation s'amplifie, quelque chose soude ce groupe qu'ils forment tous parce qu'ils habitent ce bel édifice de bois perché sur la montagne, d'autant plus depuis qu'ils sont coupés du monde extérieur. Et dire qu'elle va devoir tous les quitter avant le grand soir !

Dans le hall de l'hôtel, chacun ne parle que de ça, de ces fichues télécabines en panne. Certains s'en réjouissent. D'autres pestent à la réception. Jimmy Mariani fait ses balances en lançant des sourires aux mères de famille. Monsieur Hubert est dans tous ses états, sûrement peu habitué à ce que son palace rencontre de tels problèmes. Agatha, Roxane et Karen, les copines rencontrées cette semaine, papotent en fuseau de ski près de la cheminée. Elle a eu beau repousser, Élodie se décide à aller parler à Nour de son départ. Une boule se forme dans son ventre. Bientôt, elle devra déverrouiller son téléphone, écouter les milliers de messages de Jean-Pierre, renouer avec cette vie qui s'est installée sans qu'elle y réfléchisse. Et elle n'en a vraiment aucune envie.

— Oui, madame Sarrazin ?

— Nour… Pour demain matin, peut-on décaler un peu le… comment appelez-vous ça, déjà ?

— Check out ?

— Voilà. Onze heures, c'est tôt. Mon train n'est qu'à dix-huit heures. Il n'y a pas cours de ski…

— C'est que… je ne vois même pas comment vous allez pouvoir partir. Avec les œufs en panne, personne ne peut quitter l'établissement.

— Mais ils vont bien être réparés d'ici là ? Il doit exister des solutions ? Quoique… moi, je peux rester une nuit de plus. Ça ne me pose pas de problème.

— Ah oui ? Ce serait formidable. Vous êtes bien accommodante. Ça n'est pas le cas de tout le monde, je vous promets. Depuis hier, c'est bien simple, je me fais hurler dessus. Qu'est-ce que j'y peux, moi ? Il y a bien la solution de l'hélicoptère mais c'est très onéreux et, de toute façon, tous ses créneaux sont désormais réservés. Je vous facture donc une nuit supplémentaire ? En revanche, votre chambre est réservée à partir du 24 mais il nous reste la double familiale deluxe qui est vraiment bien. Spacieuse, avec une terrasse sur le mont Blanc. Elle a même un sapin et une très jolie décoration de Noël. Elle était prévue pour une famille qui ne peut plus venir, évidemment.

— Bien mais… c'est offert ?

— Ah… au vu des circonstances, nous appliquons des tarifs préférentiels. Je peux vous faire celle-ci à… attendez… 2 780 euros la nuit au lieu de 4 800. Mais j'ai bien conscience que pour vous, ça peut être compliqué…

La tête d'Élodie se met à tourner. Compliqué, c'est peu de le dire… Évidemment elle n'a pas cette somme. Et même si elle solde son compte Vinted, ses gains acquis sur Concourshop.com et vide son livret A, elle en sera encore très loin. Qu'est-elle allée faire dans cette galère ? Comment va-t-elle s'en sortir ? Comme souvent lorsqu'elle est gênée, elle sourit.

— Je vais réfléchir, je reviens vous voir.

— Je comprends. Mais faites vite, madame Sarrazin. Vous n'êtes pas la seule dans ce cas et l'hôtel n'est pas extensible.

Élodie s'installe au petit déjeuner. Devant son sempiternel bol de corn-flakes, elle sort les quelques jeux à gratter du Spar qui restent dans sa poche.

— Alors, ma belle, ta semaine de ski t'a plu ?

Raoul. Il ne manquait plus que lui. Élodie ne peut cacher sa déception. Si elle avait été dans une comédie romantique, ça aurait été Félix qui aurait pris place à ses côtés. Il aurait porté comme toujours son joli sweat à capuche et ses baskets. Elle lui aurait fait remarquer que c'est bientôt Noël, qu'il pourrait troquer son uniforme habituel pour une tenue plus festive, il aurait souri, retirant son pull, laissant apparaître ses jolies épaules musclées. Ils auraient parlé de tout et de rien, de la vie qui les a rapprochés sans prévenir, de ce coquin de destin qui nous joue de ces tours, parfois, haha. Et puis elle aurait oublié ses soucis de logement, d'argent, de vie à reprendre, au son de *Let it Snow* susurré par un bellâtre au micro devant une tempête de neige qui aurait été le décor de leur nuit d'amour. Mais non, au lieu de ça, elle est là, devant cette table de bois avec un vieux moniteur d'école de ski au visage creusé par les ans et les intempéries, portant la marque de ses lunettes de ski fluo ergonomiques sur un nez qu'Élodie juge bien trop proéminent.

— Oui, oui, super.

— Tu as fait des progrès, tu sais ? Tu devrais persévérer.

— Je ne risque pas.

— Ah bon ? Tu n'as pas eu de coup de foudre pour la montagne ? Il m'avait semblé pourtant. À ta façon d'admirer les sommets, de poser toutes ces questions sur la nature, de remonter sur tes skis malgré tes centaines de chutes.

— Tu es dur ! sourit-elle. Je dirais des dizaines.

— Allez, va pour des dizaines. Tu vas quand même passer ton flocon, rassure-moi ?

— Même pas. Tout s'arrête le 24. C'en est fini pour Cendrillon.

Alors, elle lui raconte tout. Le concours Boule de neige, ce voyage, le premier de sa vie, les télécabines, Jean-Pierre, toutes ces questions qui tournent dans sa tête à moins que ce ne soit le manque de sommeil qui lui joue des tours. Raoul ne dit rien, il écoute, fait glisser la fermeture Éclair de son blouson rouge au logo de l'école de ski. Elle ne parle pas de Félix mais de cet horizon qui s'est ouvert devant elle cette semaine. De toutes ces possibilités que la vie vous offre et auxquelles elle n'avait jamais pensé. Elle ne voit pas le temps passer, ni Félix qui traverse la salle derrière elle, accompagné d'une jolie jeune femme. Non, elle se confie comme elle ne l'a jamais fait à personne. Peut-être parce que Raoul est un inconnu. Peut-être aussi parce qu'il la met en confiance, plante son regard dans le sien, ne la coupe pas ni ne se moque, raconte lui aussi sa vie dans la vallée, cette compagne qui l'a quittée au bout de dix ans sans qu'ils aient eu d'enfants, les copains et les splendeurs des sommets qui l'ont sauvé du chagrin. Peut-être aussi parce que les décorations de Noël scintillent partout autour d'eux, que la voix de Jimmy Mariani répétant son grand show les enveloppe tandis qu'ils se resservent des chocolats chauds et que la tempête enveloppe complètement l'Hôtel du Val des Neiges – le cours est annulé, évidemment.

Revenue dans sa chambre à la nuit tombée ce jour-là, Élodie s'installe sur son lit immense, sur lequel dort un petit chocolat en forme de Père Noël que la femme de chambre a déposé sur son oreiller avant de venir fermer les rideaux. Élodie les ouvre pour contempler une dernière fois ce spectacle merveilleux.

***

Tout l'hôtel a des airs de fête. Les esprits chagrins de la veille ont remisé leur mauvaise humeur ou trouvé une solution à leurs problèmes. Il paraîtrait que les télécabines pourraient être réparées demain. Ou après-demain. Ils verraient bien. Chacun a confiance en Monsieur Hubert qui ne ménage pas ses efforts pour satisfaire sa clientèle et les employés de la vallée, qui se sont installés avec les saisonniers. Élodie a rangé ses quelques affaires dans son sac, s'est maquillée une dernière fois devant le grand miroir de sa salle de bains adorée. Demain matin, elle déposera son baluchon dans une petite chambre prévue pour le personnel, que la direction a finalement accepté de mettre à sa disposition après qu'elle s'est décidée à expliquer sa situation à Monsieur Hubert, poussée par Raoul et Nour qui trouvaient scandaleux qu'on la laisse ainsi. Après lui avoir rendu ses vêtements de montagne, elle a bien hésité à supplier Agatha de la faire dormir sur le canapé-lit de sa suite – la plus belle de l'hôtel – mais s'est ravisée. Elle serait très bien là-bas.

Avant de rejoindre le reste des clients, Élodie sort sur la terrasse. Il fait froid mais l'air y est pur, comme en un lieu exempt de toute attache. Elle extrait son téléphone de son sac. Il est temps de le rallumer. Elle prend une grande inspiration, ferme les yeux, compose son code et attend tandis que l'appareil vibre sous ses doigts. Elle a un peu peur, bien sûr, mais elle est soulagée. Elle sait qu'elle doit prendre une décision qu'elle n'aurait sans doute pas prise sans ce coup du destin.

Jean-Pierre n'a laissé qu'un seul message. « Sais-tu où est rangé le couteau à pain ? » Le jour de son départ. C'est tout. Depuis, plus rien. Elle découvre quelques messages d'Astrid et Estelle lui demandant comment se passe son séjour. Un ou deux mails de la banque, des dizaines de concours lui annonçant qu'elle a gagné 25 % de réduction sur un lot de chaussettes, remporté une clé USB avec le logo du magasin, peut venir chercher son appareil à raclette gratuit chez le fromager de l'hypermarché sis à des kilomètres, et puis c'est tout. Alors, elle l'appelle, les fesses posées sur le petit banc de bois planté devant la montagne, l'agitation de l'hôtel en bruit de fond qui s'échappe de la porte battante du Val des Neiges chaque fois que des clients entrent ou sortent. Il décroche tout de suite, ne dit rien. Il attend. Elle entend son souffle et la playlist de Noël qu'ils diffusent à l'épicerie chaque année pour les fêtes. La bande-son de *Love Actually. Love is All Around.* Puis, elle lui demande simplement :

— On ne s'aime plus ?

Jean-Pierre laisse s'installer un silence pendant lequel Élodie regarde les flocons danser dans le ciel sous les guirlandes lumineuses qui ceignent les sapins.

— Peut-être plus, non, finit-il par répondre.

Élodie attend que son cœur brûle ne serait-ce qu'un peu, que la panique l'envahisse, que le vertige la submerge après toutes ces années de certitude et de confort, mais non. Il ne se passe rien. Elle ne voit que cette page blanche qui s'ouvre devant elle, comme ce paysage vierge, beau à couper le souffle qui, sans effacer la nature qu'il recouvre, attend qu'on vienne le fouler. Effacer, recommencer.

Ils se parlent dix minutes, tout au plus. Prévoient de se voir dans quelques jours pour écrire leur avenir. Tous les deux semblent soulagés d'avoir ouvert les yeux sur la situation. Ils se parlent comme des frère et sœur, avec tendresse mais sans passion. Avec la certitude de refermer le livre d'une histoire qui a été belle mais qui doit laisser la place à une autre. En auraient-ils eu conscience si Élodie n'était pas partie ?

Ce soir, le Grand Hôtel du Val des Neiges organise une soirée bingo. Élodie décide de profiter de ses derniers privilèges de grande gagnante. Elle offre beaucoup de cocktails, au grand dam de Monsieur Hubert qui semble avoir hâte que tout cela se termine. Demain, à onze heures, il sera enfin délesté de ces fâcheuses obligations. En attendant, et sous les cris de joie des participants ravis de poser de petits jetons sur leurs numéros annoncés, Élodie fait des allers-retours entre le bar de Jules et la salle. À la gentille Roxane, à Agatha, Karen Lilas, et même à cette Mona qui tourne un peu trop autour de Félix et la regarde toujours d'une drôle de façon, elle offre sa tournée. Finalement, Élodie remporte le gros lot, une paire de skis de compétition, ce qui fait bien rire Raoul, assis à côté d'elle. Elle ne trouve pas ça très drôle et se demande ce qu'elle va bien pouvoir faire de ces encombrantes planches de bois, tout en cherchant Félix des yeux, en vain. Mais ça lui est presque égal, ce soir. *Fly me to the moon* est entonné par le groupe de l'hôtel, les flammes crépitent dans la cheminée, un brouhaha chaleureux l'enveloppe tout à fait tandis que son tyran des pistes la prend par la main.

— M'accorderais-tu cette danse ?

Il porte un pull en laine vert et rouge sur lequel est écrit « J'peux pas, j'ai montagne ». Ses yeux brillent d'une lueur qu'Élodie ne lui connaît pas. Il a de jolies fossettes qu'elle n'avait jamais remarquées, une odeur boisée qu'elle respire en fermant les yeux lorsqu'il la prend par la main et l'entraîne près de l'orchestre, devant l'immense baie vitrée. Tandis qu'ils chaloupent doucement, qu'elle sent son corps rassurant contre le sien, Élodie rouvre les yeux un instant, aperçoit au loin Félix et Mona qui discutent avec intérêt, sourit, et puis pose sa tête contre ce buste qui la rassure. Raoul la serre plus fort, et c'est comme si plus rien n'avait d'importance. Élodie entend bien quelques petits cris de joie. Des « Ah enfin, eh ben, c'est pas trop tôt ! ». Elle sourit, garde les yeux clos pour consigner les premières lignes de sa nouvelle vie qui s'écrivent ici. Demain, c'est Noël. Et pour l'heure, ce qui est certain, c'est qu'elle n'a définitivement pas l'intention de cesser de croire en sa magie.

AGATHA

*

Sophie Rouvier

1

Dans le taxi qui la conduit de la gare jusqu'au Grand Hôtel du Val des Neiges, Agatha broie du noir. Bien lui en prend, le chauffeur, très poli au demeurant, se garde d'entamer la conversation. Elle extirpe son miroir de poche de l'immense sac à main qui ne la quitte jamais, sac dans lequel cohabite à peu près tout ce dont elle pourrait avoir besoin quelles que soient les circonstances et comprend aussitôt pourquoi l'homme reste silencieux : elle a particulièrement l'air maussade aujourd'hui. Agatha soupire en silence puis se force à détendre les muscles de son cou raidis par le stress, et laisse sa tête retomber sur la vitre de la berline. À mesure que la voiture progresse en direction de l'hôtel, enchaînant lacets serrés et raides montées, l'épaisseur de la neige se fait sensiblement plus conséquente. Bientôt le petit village de carte postale apparaît, déjà tout illuminé à cette heure de la journée. À proximité de la mairie se dresse un immense sapin qui scintille au gré des guirlandes lumineuses savamment installées sur ses branches.

— Eh oui, Agatha… Il serait bon de profiter un peu de ce break, marmonne-t-elle.

— Pardon, madame. Je n'ai pas entendu ? demande le chauffeur en tournant la tête vers elle.

— Rien. Rien du tout. Je réfléchissais tout haut.

Agatha fronce les sourcils. Elle commence à prendre la mauvaise habitude de se parler à voix haute et ce n'est pas très bon signe. Le signe, en tout cas, qu'elle est souvent seule, et que, présentement, son chat ne lui servira pas d'alibi. Elle a un faible sourire en pensant à son félin de compagnon, laissé aux bons soins d'un pet sitter pour la semaine. Il a très fort caractère. Il n'est pas impossible qu'il se montre difficile avec le jeune homme durant son absence. Elle espère que le pauvre petit se fera moins griffer que lorsqu'elle est partie la dernière fois.

— Et voilà ! annonce joyeusement l'homme en garant le taxi près d'un bâtiment sans âme et aussi gris qu'austère.

Agatha détaille l'endroit en cherchant à se remémorer les images vues sur le site de l'hôtel.

— Je vais vous aider pour les valises.

— Excusez-moi, c'est le derrière de l'hôtel ? Je ne comprends pas.

Le chauffeur sourit à son intention.

— Les télécabines ! Vous n'aviez peut-être pas fait attention. On accède au Grand Hôtel uniquement par ces remontées mécaniques.

Agatha est contrariée. Elle est absolument certaine de ne pas avoir été informée. Et plus sûre encore que la personne qui l'a contactée pas plus tard que la veille pour vérifier les détails de son séjour n'a pas du tout évoqué ce « détail ».

— Qu'est-ce que c'est que cette histoire ?

— Ne vous inquiétez pas, la montée n'est pas longue ! Ça va à toute vitesse, ces trucs-là ! Vous serez en haut en moins de temps qu'il n'en faut pour le dire.

Sur ces paroles, l'homme extirpe sa grande carcasse de la voiture tout en actionnant l'ouverture automatique du coffre. Il contourne le véhicule pour en ouvrir la porte arrière et sourit une fois encore à sa passagère, mais celle-ci, glacée par le vent froid qui s'est engouffré soudainement dans l'habitacle, ne bouge pas d'un pouce.

— Il y a un problème ?

— Il y a que j'ai le vertige et que prendre ces foutues télécabines me contrarie plus qu'un peu, claque Agatha.

L'homme se rembrunit et, la main toujours posée sur la portière, ne sait comment se comporter.

— C'est-à-dire que… il n'y a pas trente-six manières de rejoindre l'hôtel.

— Pas trente-six, mais peut-être au moins une autre ? rétorque Agatha d'une voix plaintive.

— À moins que vous ayez un bon niveau de ski de randonnée…

— …

— Et, bien sûr, je ne parle pas des valises, ajoute-t-il en tournant la tête vers le coffre.

Agatha secoue mollement la tête de haut en bas. Le moins qu'on puisse dire est qu'elle ne voyage pas léger. Elle a d'ailleurs sacrément peiné pour caser tout ça dans le train.

— Je vais y monter, dans ces satanées cabines, capitule la soixantenaire.

L'homme fait la moue, l'air tout embêté pour sa cliente.

— Ça va aller…

Agatha, piquée par son apitoiement, retrouve aussitôt sa superbe.

— Mais bien sûr que ça va aller ! J'en ai vu d'autres, vous savez.

Elle empoigne les anses de son sac à main, réajuste son écharpe et sort enfin de la voiture. Le chauffeur dépose ses deux grosses valises sur le sol humide et détaille cette petite femme un brin étrange. Brune, la peau pâle, elle arbore un élégant chignon. Pas très grande, elle est menue, mais elle dégage une énergie peu commune. Il se dit qu'elle ne doit pas être commode tous les jours, et n'est pas mécontent de la laisser là. Ils vont le sentir passer à l'hôtel…

— Je suis impatiente de dire deux mots au maître d'hôtel. Si j'avais su qu'il y avait des épreuves pour accéder à ma chambre, j'aurais réservé ailleurs, annonce-t-elle comme pour répondre à ses pensées.

— …

— Parce que c'est quoi, la suite ? Un combat de boue avec la réceptionniste ? Un loto pour l'attribution des chambres. On croit rêver.

Le chauffeur de taxi se mord l'intérieur des joues pour ne pas rire. Cette femme est un sacré numéro. Agatha le remercie lorsqu'il la laisse devant la cabine après avoir placé ses valises à l'intérieur. Un guichetier nonchalant valide sa montée.

— Eh bien… Bon courage, madame, conclut le chauffeur.

— Ne vous bilez pas pour moi.

Elle lui adresse un discret clin d'œil avant de disparaître pour de bon dans la bulle vitrée.

— De toute façon, je suis imbattable au combat de boue.

2

L'ascension est effectivement rapide et finalement pas si pénible. En effet, un épais brouillard empêche toute visibilité et donc toute sensation de vertige. Quelques petites minutes, juste ce qu'il faut à Agatha pour râler tout son saoul entre ses dents. Un employé a pris place dans la cabine, sur le banc qui lui fait face. À l'arrivée, il est censé gérer ses bagages jusqu'à un traîneau dépêché par l'hôtel. La cliente, refroidie aussi bien par le climat local que par ce raté de départ, ne peut que saluer l'effort déployé par l'établissement en découvrant au sommet un magnifique traîneau ancien qui stationne à quelques mètres.

Durant la courte distance qui la sépare du Grand Hôtel du Val des Neiges, Agatha se sent gagnée par un bien-être inattendu. Ici, l'air semble avoir été purifié et la neige, tout juste tombée, est immaculée. Un magnifique bâtiment se dresse devant eux, lui-même entouré de chalets de bois plus petits. L'ensemble est respectueux du décor, bien loin des verrues qui ont fleuri un temps dans toutes les stations alpines. Devant ce majestueux tableau, des larmes montent aux yeux d'Agatha, qui choisit de penser qu'elles ne sont dues qu'à la magie des lieux et non au trouble auquel elle est en proie depuis quelques jours. Emmitouflée sous d'épaisses couvertures, elle se laisse bercer par le glissement du véhicule sur la neige qui crisse. Aurait-elle imaginé séjourner dans un endroit pareil, petite fille, alors que ses parents n'avaient les moyens de l'emmener en vacances nulle part ailleurs que dans la station balnéaire normande située à vingt kilomètres de leur domicile ? Bien sûr que oui ! Depuis l'enfance, elle s'est juré de mordre la vie à pleines dents. À l'impossible, elle était tenue et elle a développé des trésors d'énergie et d'ingéniosité pour que sa petite affaire de savonnerie biologique prospère. Elle est désormais à la tête d'une entreprise poids lourd, un géant cosmétique, et de nombreuses enseignes fleurissent chaque mois dans de nouvelles villes et de nouveaux pays. Malgré le succès, elle est restée fidèle aux valeurs qui lui ont été inculquées, et a conservé une éthique irréprochable quant à la conception des produits et la gestion de ses équipes. En résumé, Agatha est une dame très respectée dans son secteur d'activité et fort enviée pour ses idées novatrices. Dès qu'elle en a eu les moyens et la possibilité, elle a offert des voyages à ses parents et baroudé avec eux. Son cœur se serre alors que leur souvenir se rappelle à elle. Elle a également beaucoup voyagé avec son défunt mari, parti bien trop tôt, lui aussi. Désormais, elle se sent bien seule puisqu'elle n'a plus du tout, mais alors pas du tout du tout envie de voir Nicolas, son fils unique.

— Bienvenue au Grand Hôtel ! annonce le conducteur du traîneau.

Agatha, égarée dans ses pensées et hypnotisée par la vision idyllique qu'offre le charmant complexe hôtelier, a perdu la notion du temps. Elle s'interroge soudain : existe-t-il un permis traîneau comme il existe des permis de toutes sortes ? Le sourire insistant de l'homme la force à réagir.

— Merci beaucoup, monsieur.

— C'est la première fois que vous venez ? demande l'homme d'un ton d'où suinte l'affirmation.

— Comment le savez-vous ?

Il hausse les épaules, pas mécontent de sa perspicacité.

— La première fois, les clients font toujours cette tête, s'amuse-t-il, pas peu fier de faire partie de l'expérience.

Agatha acquiesce. Elle a vu beaucoup de choses dans sa vie, parcouru la planète en tous sens, mais elle ne peut nier que cet endroit possède quelque chose de féerique. C'est clair, même le plus blasé des blasés ne peut que s'extasier.

— Oh ! Voilà Monsieur Hubert ! reprend l'employé en se redressant, visiblement soucieux de se montrer irréprochable.

Un homme d'une soixantaine d'années, quelque peu bedonnant mais très bien mis, s'avance vers eux. D'un léger signe de tête, il intime au chauffeur de s'occuper des bagages sanglés à l'arrière du traîneau.

— Madame de Bois Lagarde, mes hommages.

Agatha se retient de rire. Il y a fort longtemps qu'elle n'a pas eu affaire à de si bonnes manières. Dans les yeux du directeur de l'hôtel, des étoiles brillent alors que le nom de famille de sa cliente roule dans sa bouche.

— Je vous souhaite la bienvenue. Considérez que vous êtes ici chez vous.

— C'est très aimable, monsieur…

— Monsieur Hubert, pour vous servir.

Dans une courbette, le maître des lieux s'incline aussi bas que sa très relative souplesse lui permet. Pendant que l'employé se faufile derrière lui, chargé des valises de la nouvelle cliente, il se redresse et se tient maintenant aussi droit qu'une statue de l'île de Pâques.

— Permettez ?

Agatha n'a pas le temps de réfléchir à ce qu'elle aurait envie de lui permettre ou non, que le directeur tend vers elle une main chevaleresque pour l'aider à descendre du traîneau. Elle le remercie d'un léger mouvement de tête et appuie sa main gantée sur la sienne, solide et ferme. Malgré le suranné de la scène, quasi comique, qu'elle ne peut s'empêcher de railler intérieurement, Agatha perçoit dans son corps un afflux de chaleur. Elle se sent rougir et dirige son attention vers la réception de l'hôtel qui n'est plus qu'à quelques marches. En deux temps, trois mouvements, le corpulent Monsieur Hubert a gravi la volée de marches et lui tient la porte avec obséquiosité.

— Madame de Bois Lagarde, je vous en prie.

Agatha se retient de lui dire qu'elle n'utilise que rarement le nom complet de son mari, selon elle difficile à porter, et qu'au quotidien elle se fait appeler Agatha de Bois. Cela étant, Monsieur Hubert, qui répète son nom à l'envi, a l'air tellement heureux de l'exercice… Elle s'en voudrait de lui gâcher son plaisir.

— Nour, la clé de la grande suite, voulez-vous ?

La jeune réceptionniste, qui porte une tenue soignée et assortie à celle du conducteur de traîneau, variante moins travaillée du costume de Monsieur Hubert, lui adresse un sourire poli. Elle pivote et, d'une main experte, saisit une clé ornée d'un porte-clés en bois travaillé. Agatha se sent comme la reine Élisabeth.

— Notre plus belle chambre, la 41. Je vais vous y conduire, si vous le voulez bien, fait Monsieur Hubert.

— Merci beaucoup.

Inclinant une nouvelle fois la tête, il se met en route, laissant à peine le temps à Agatha de s'imprégner du hall de réception, au centre duquel un grand feu crépite dans une immense cheminée. Les murs sont lambrissés et de lourds rideaux encadrent chacune des ouvertures.

— Vous verrez, reprend le directeur en progressant dans le couloir à un rythme soutenu, depuis votre suite, la vue sur le mont Blanc est époustouflante. Vous aurez l'impression d'être seule au monde, avec toutes les commodités à portée de main, bien entendu.

— C'est exactement ce dont j'ai besoin, souffle Agatha.

Monsieur Hubert la considère d'un air entendu, et ferme les yeux avec solennité, comme s'il était personnellement impacté par le moindre ennui qui croiserait le chemin de l'un de ses clients. Dans l'ascenseur, il manque s'étouffer, soudain horrifié.

— Mais je manque à tous mes devoirs ! Avez-vous fait bon voyage ?

Agatha se remémore sa colère au sujet des télécabines, et décide de ne pas évoquer le malheureux oubli. Qui plus est, elle est à peu près certaine d'avoir eu Nour au téléphone. Elle ne voudrait pas que la jeune femme subisse les foudres du directeur de l'hôtel par sa faute.

— Un voyage absolument parfait.

— Vraiment ? soupçonne le directeur de l'hôtel tout en escortant sa cliente jusqu'à la porte de la suite.

— Euh… Oui, assure Agatha. Bien sûr, c'est un long périple pour arriver jusqu'à vous, mais il semble que cela en vaille la…

Monsieur Hubert ouvre la porte dans un geste théâtral. Face à celle-ci, elle découvre une immense baie vitrée. La vue est à couper le souffle, alors que le soleil tire sa révérence derrière le mont Blanc. Le timing est idéal.

— Bon sang…

— N'est-ce pas, jubile Monsieur Hubert, ravi de son effet.

Agatha s'approche du balcon sans mot dire. Elle comprend mieux la foulée rapide du directeur dans les couloirs. Celui-ci s'inquiétait de parvenir à la chambre avant le coucher du soleil. Le moins qu'on puisse dire est que la prise en charge depuis l'arrivée des cabines est parfaite.

— La chambre est-elle à votre goût ?

Elle tourne sur elle-même avec la sensation d'avoir été téléportée dans un magazine de décoration au goût des plus sûrs. L'ambiance est chaleureuse et simple, et tout, jusqu'au plus infime détail, est remarquablement assorti. Le lit à baldaquin, immense, trône au milieu de la pièce, recouvert de coussins qui paraissent plus moelleux les uns que les autres. Les murs, ici aussi, sont lambrissés, et au sol ses chaussures à talon s'enfoncent dans une moquette qui a l'air si douillette qu'elle aurait presque envie de s'y rouler. Quelques tableaux et bibelots complètent l'ensemble, ici et là. Dans le prolongement de la chambre se trouve un salon, où deux fauteuils et un canapé entourent une vaste et élégante table basse en bois ouvragée.

— Le secrétaire contient tout ce qu'il vous faut pour la correspondance. Et, bien sûr, vous trouverez dans ce petit placard un mini-réfrigérateur et une machine à expresso. Cela dit, il vous suffit de contacter la réception pour être servie dans les plus brefs délais.

— Je rêve de passer quelques jours au calme, vous savez. Lire, dormir, marcher dans la neige… Et, méditer un peu sur le sens de la vie.

— Bien entendu, répond Monsieur Hubert avec componction, comme si tout cela était le plus naturel du monde.

Agatha revient vers la baie vitrée, aimantée par le spectacle des tout derniers rayons de soleil qui basculent par-delà la montagne dans un final spectaculaire.

— C'est absolument grandiose.

— Je n'aurais pas mieux dit, valide le directeur de l'hôtel, venu se placer à côté d'elle.

— Je me sens déjà plus apaisée, lâche Agatha comme pour elle-même.

— Je suis ravi de l'entendre.

— Merci pour cet accueil incroyable, monsieur Hubert.

L'homme rosit en l'entendant prononcer son nom, et balaie les remerciements d'un mouvement de sourcil broussailleux.

— Je vous laisse maintenant prendre possession des lieux tranquillement.

Il fait quelques pas en direction de la porte avant de se figer.

— J'oubliais. La chambre attenante à la vôtre communique par le petit salon. Nous déverrouillerons la porte à l'arrivée de votre fils.

À ces mots, Agatha se raidit. Il n'est plus question de passer Noël avec Nicolas mais, ne souhaitant pas donner d'explications à ce sujet, elle se contente d'un petit signe d'approbation.

— Bonne installation, chère madame de Bois Lagarde.

— Merci, monsieur Hubert, répond Agatha en se demandant comment le pauvre homme réagirait en apprenant qu'elle est née Agatha Belin, et que pas une once de sang bleu ne coule dans ses veines.

3

On a beau dormir dans le plus grand et le plus douillet des lits, comme le disait en son temps la grand-mère d'Agatha, lorsqu'on se couche avec des soucis, on se réveille avec des tracas. Enfin, si toutefois on a la chance de fermer l'œil. Après une nuit quasi blanche, la coquette soixantenaire s'extirpe avec difficulté des jolis draps épais pour filer vers le balcon. Elle entrouvre la baie mais la referme bien vite en percevant le froid glacial qui s'engouffre dans la pièce. Qu'à cela ne tienne, il y a dans la salle de bains d'épais peignoirs et ils ne sont certainement pas là pour faire tapisserie ! Elle passe le plus petit des deux sans s'attarder sur l'autre. Il serait allé comme un gant à son Victor… Plus de dix ans que son mari a subitement tiré sa révérence et elle ne se fait toujours pas à l'absence de celui qu'elle présentait comme son âme sœur. Ignorant la vague de tristesse qui pointe le bout de son nez, elle sort sur le balcon, cette fois parée du peignoir et de petits chaussons. Le mont Blanc est fidèle à lui-même : imposant et grandiose. Agatha respire à pleins poumons et reprend du poil de la bête. Nicolas est un imbécile, un fils égoïste et vénal, mais elle refuse de passer la semaine à se morfondre.

— Salut, mon beau, dit-elle d'un ton enjoué à l'attention du sommet impassible.

C'est splendide… De petits nuages roses se sont massés près du sommet, ne gâchant rien du spectacle, bien au contraire.

— Oh… Bonjour, chère madame de Bois Lagarde.

Agatha se raidit. Qui donc lui parle ? Elle est givrée, ça, elle en est la première au courant, mais tout de même… Le mont Blanc ? !

— J'espère que votre première nuit chez nous s'est avérée reposante.

Agatha penche légèrement la tête. Elle découvre avec stupeur Monsieur Hubert, qui a sans doute pris ses salutations à la montagne pour lui… Il semble occupé à mettre de l'ordre sur une terrasse en contrebas. De là où il se tient, nul doute qu'il l'a vue sortir sur le balcon. Et entendue. Foutue perspective ! Il faut rattraper le coup, sans ça il va penser qu'elle lui fait du gringue !

— Oh ! Monsieur Hubert… Je ne vous avais pas remarqué !

— Je vous en prie.

— C'est-à-dire que… J'ai la fâcheuse manie de parler à voix haute.

Pourquoi faut-il qu'elle se justifie, bon sang ! Le directeur de l'hôtel focalise soudain son attention sur des chaises qui sont pourtant déjà parfaitement alignées avec les tables adjacentes.

— Au mont Blanc ! lance Agatha.

Mais tu vas la fermer, espèce de dinde ! s'admoneste-t-elle.

— Je vous demande pardon, madame de Bois Lagarde ? Je n'ai pas saisi, explique Monsieur Hubert en portant la main à son oreille, tel un cornet acoustique.

— Je saluais le mont Blanc, explique-t-elle en se penchant cette fois au-dessus de la rambarde du balcon, telle une Juliette au rabais.

L'homme se compose un sourire approximatif, puis opine du chef.

— Il est presque aussi beau au petit matin qu'au coucher du soleil, s'enfonce Agatha.

— N'est-ce pas…

Tu vas te taire, cette fois ! Agatha, tais-toi, je t'en supplie.

— Bon, je vous laisse à vos occupations, je file sous la douche !

Monsieur Hubert ouvre de grands yeux. Son visage reste impassible, mais tout dans son corps peine à cacher son malaise.

Agatha se jette dans la chambre et ferme avec force les ouvrants de la baie vitrée. Ça lui pendait au nez ! Quelle idiote ! Et surtout, quelle sale habitude elle a de divaguer tout haut. Elle est bien embêtée, ce Monsieur Hubert est charmant et elle détesterait qu'il la prenne pour une vieille folle. Et une vieille folle en chasse, encore moins ! Bon, comment agir après ça ? Rester terrée dans la suite ? Certainement pas ! Comme on tombe de sa monture, on remonte en selle ! Après une courte douche, Agatha prend le chemin de la réception. Elle va glaner quelques renseignements auprès de la charmante Nour qui patiente à l'accueil, prête à éclairer le moindre client de ses lumières.

— Ne me demandez pas si la nuit a été bonne, je vous en supplie, lâche Agatha en saisissant une brochure pour des cours de ski afin de se donner une contenance.

— Madame de Bois Lagarde, bredouille la réceptionniste, je peux vous renseigner ?

— Oui, concernant les horaires d'ouverture du spa.

— De neuf heures à vingt heures. Je peux demander à la thérapeute de venir vous présenter les différents soins si vous le souhaitez.

— Je préfère consulter la carte des massages avant toute chose.

— Très bien, madame.

— Et, la piscine ?

— Oui ?

— Elle est accessible le soir ? J'aime faire quelques longueurs après le dîner.

— En temps normal, les horaires sont les mêmes pour le bassin que pour le spa…

— …

— Mais il va sans dire que nous pourrons faire une petite exception, ajoute Nour en rougissant, sentant qu'il sera impossible de refuser cette demande à la cliente.

— Vous m'en voyez ravie.

— En revanche, je dois vous préciser que le maître nageur ne sera pas présent. Je devrais vous faire signer une décharge, pour ce qui est de la responsabilité.

— Je comprends bien. Rassurez-vous, je ne me suis encore jamais noyée !

Nour esquisse un sourire. Elle semble terrifiée par Agatha et ne sait comment se comporter.

— Je plaisante, chuchote Agatha.

— Ah… Bien entendu.

— Cela dit, c'est idiot. Si je m'étais déjà noyée, je… Laissez tomber.

Son regard se porte sur la salle de restaurant entrouverte.

— Vous n'aviez pas demandé le petit déjeuner en chambre ?

— Je ne prends jamais de petit déjeuner, c'est très mauvais pour la ligne !

Nour hoche la tête, validant le fait que, certainement, tous les gens petit-déjeunant sont des aliénés en liberté. Elle finit par pointer le prospectus qu'Agatha agite près de son visage comme un éventail.

— Un cours de ski, peut-être ?

— Grands dieux, non ! J'ai tenté une fois, à Aspen, et je me suis fait une entorse du genou. Je ne viens à la montagne que pour le panorama et l'ambiance, c'est mon fils qui aime le ski…

— Mais bien sûr ! s'illumine la jeune fille. Nous sommes le 18… Il arrivera le 22, comme convenu ?

Agatha se rembrunit aussi sec.

— Oui, oui, c'est ça. Bon, je crois que je vais tout de même prendre un café, annonce-t-elle pour faire diversion.

Au même instant, précédé par un effluve d'eau de Cologne, Monsieur Hubert débarque à la réception par le grand couloir moquetté qui mène au spa et au magasin d'équipements.

— Madame de Bois Lagarde, s'exclame-t-il comme s'il ne l'avait à la bonne heure ! –, pas encore vue de la journée.

— Monsieur Hubert…

— Chère madame, voulez-vous que je vous trouve une table tranquille pour prendre le petit déjeuner ? La presse du jour vient tout juste d'arriver.

— Je vous remercie, mais je n'ai pas faim.

À son tour, il jette un œil au programme des cours de ski qu'Agatha a désormais entrepris de plier en une petite cocotte, façon origami free style.

— Nous avons une monitrice de ski qui vous plairait beaucoup, Roxane. Elle vient d'arriver avec les meilleures recommandations. Niveau olympique, polyglotte, charmante.

La veille, alors qu'elle sirotait un cocktail au bar, elle a effectivement croisé la jeune femme un peu pataude, comme étonnée de se trouver en ces lieux. Elle l'a prise pour une cliente avant que celle-ci ne se présente comme la monitrice attitrée de l'hôtel. Un peu pataude mais touchante, elle s'est revue à ses débuts, s'excusant d'exister. Victor, ou plutôt l'amour que lui avait porté son Victor lui avait par la suite donné des ailes et confirmé ce qu'elle pressentait au fond d'elle-même : la réussite et le succès ne tombent pas du ciel, il faut travailler dur et s'en emparer.

— Je l'ai effectivement rencontrée hier. Merci, mais non merci, le ski et moi ne faisons pas très bon ménage ! Pour le peu que je fréquente les pistes, je préfère skier seule.

— Quel dommage, se lamente Monsieur Hubert, compatissant d'emblée à toutes les douloureuses expériences sportives possibles et imaginables.

— Je ne sais pas même pas si je sortirai skier cette année.

Monsieur Hubert cale son menton entre son pouce et ses doigts, comme s'il cherchait à réfléchir le plus intensément du monde.

— Vous avez pourtant l'air d'apprécier les paysages…

Agatha se sent défaillir en repensant à la scène ubuesque du balcon.

— Vous devriez tenter l'expérience d'une promenade en raquettes ! Il y a de fabuleux circuits !

— Oh, mais…

— Vous auriez tout le loisir d'observer le mont Blanc, sous d'autres angles et sous toutes les coutures ! C'est un ravissement.

Agatha ouvre de grands yeux tandis que Monsieur Hubert mesure le second degré de lecture possible de sa proposition, à l'aune de leur échange matinal. La femme d'affaires se retient d'exploser de rire pour ne pas le mettre mal à l'aise. Le pauvre est déjà cramoisi de honte tandis que Nour les observe l'un puis l'autre, d'un air professionnel mais néanmoins suspicieux. Ils sont tous trois sauvés par l'arrivée intempestive d'une cliente exubérante, qui ne semble pas être du goût du directeur. Elle s'emporte au téléphone, s'attirant les regards et troublant l'harmonie qui règne dans le hall de l'établissement. Monsieur Hubert s'excuse et glisse en direction de la jeune femme. Avec beaucoup d'à-propos, il la conduit, l'air de rien, vers un petit salon vacant. Nour adresse une petite moue contrite à Agatha.

— Il sait y faire… commente la cliente.

— Monsieur Hubert a travaillé de longues années comme majordome pour une famille d'une grande lignée aristocratique, confie Nour.

— Je comprends mieux…

— C'est pour ça qu'il a un peu de mal avec le comportement de certains clients.

— Je vois tout à fait ce que vous voulez dire, appuie Agatha en levant les yeux au ciel.

— Il y a peu, des personnalités du monde de la téléréalité ont voulu réserver… Monsieur Hubert a préféré décliner plutôt que de les croiser toute une semaine.

— Vous avez prétendu être complets ? s'amuse Agatha.

Nour hoche la tête de haut en bas.

— Monsieur Hubert est un vrai gentleman, il ne jure que par les bonnes manières.

— Et il a bien raison !

— Mais ne vous méprenez pas, Monsieur Hubert est très humain !

Agatha renvoie une moue complice à la jeune femme qui vient de réaliser qu'elle a un peu trop parlé. Celle-ci se mord la lèvre inférieure, sans doute inquiète des remontrances qui pourraient lui tomber sur le coin du nez. La sexagénaire a l'habitude qu'on se livre à elle. Elle peut sembler revêche au premier abord, mais ceux qui passent ses premiers remparts se confient rapidement à elle. D'un clignement d'œil complice, elle rassure Nour : elle ne soufflera pas un mot de leur petit échange. À cet instant, son regard s'arrête sur une affiche encadrée.

— Le programme des soirées, explique Nour, heureuse de changer de sujet.

— Danses de salon et madison, cauchemar, plutôt crever ! Scrabble, je vais tous les plier… Hum… Le 24, c'est qui, ce Jimmy Mariani ?

La réceptionniste s'anime à l'évocation de ce nom.

— Jimmy Mariani, le crooner corse ! Vous n'en avez jamais entendu parler ?

Agatha, piquée au vif, reprend un ton défensif et son regard distant.

— Si, si. Bien entendu.

Oui, ça lui dit vaguement quelque chose. Enfin, pour ce qu'elle suit de l'actualité musicale. Un bel homme, qui tire profit de son charme et de son timbre, en surfant sur toutes les vagues possibles. Aucun intérêt.

— Il a une de ces voix, se pâme Nour, le regard humide.

— Ça va… C'est pas Sinatra, non plus, lance Agatha en tournant les talons.

— Bonne journée, madame de Bois Lagarde.

4

Agatha sort d'un massage aux pierres chaudes dont la responsable du spa lui a vanté les vertus thérapeutiques. Des clous ! Elle n'a pu se laisser aller de tout le soin, alors que c'est bien ce qu'elle préfère, somnoler dans le noir tandis qu'on lui pétrit doucement le dos, les bras et les jambes. Durant quatre-vingt-dix minutes, la jeune femme s'est entêtée à lui poser des pierres brûlantes sur des parties du corps dont elle avait oublié jusqu'à l'existence, lesquelles finissaient immanquablement par glisser le long de ses membres. Elle s'est retenue, elle ne sait comment, de lapider l'employée. Elle approuve la nouveauté dans certains domaines, mais il faut savoir raison garder ! Quelle horreur, ce soin ; si elle l'avait en face d'elle, elle conseillerait vivement à celui qui a lancé cette mouvance de tenter l'introduction de pierres chaudes là où elle pense ! Pour le reste des soins de la semaine, elle se contentera de massages classiques. Agatha a un coup de spleen. Elle prend rarement soin de son corps. Dans le fond, elle avait oublié ce qu'était qu'un contact physique. Oui, elle a de plus en plus de mal à supporter qu'on la touche. Il n'empêche que si elle fait une croix sur le spa, elle va passer la semaine à s'ennuyer et à broyer du noir. Pour faire un vrai break, elle n'a pas emporté son ordinateur. Elle est même allée jusqu'à demander à ses adjoints de gérer les urgences. Bref, elle tourne en rond.

Déjà prête pour le dîner, Agatha se rend dans le petit salon qui jouxte le hall vêtue d'un fourreau noir très élégant. Pour passer le temps, elle examine les nombreux livres mis à disposition dans la grande bibliothèque. Voyons... Tonie Behar, Isabelle Alexis, Adèle Bréau, Marie Vareille... Très bien, mais déjà lus. Elle extirpe finalement *Petit Déjeuner chez Tiffany* d'un rayonnage et gagne un grand canapé. Bien sûr, son téléphone est dans son sac, elle pourrait tout à fait jouer à son application de Scrabble, mais elle s'est promis de pas allumer l'appareil. Elle ne veut pas le moindre contact avec son fils, lequel a dû multiplier les messages et les appels depuis qu'elle lui a ordonné de passer Noël le plus loin possible de sa petite personne. Page 6, c'est quoi, déjà, le nom de l'héroïne ? Page 12, Agatha ne sait pas du tout de quoi retourne cette histoire et elle s'efforce de reprendre sa lecture du début. Cinq minutes plus tard, elle doit reconnaître qu'elle passe totalement à côté du chef-d'œuvre de Truman Capote, incapable de se concentrer, pour la simple raison que Nicolas hante ses pensées. Et s'il n'avait même pas tenté de la joindre ? Le cœur de ce petit salaud serait-il à ce point sclérosé ? Combien elle avait été heureuse, pourtant, d'apprendre qu'il avait quitté son insupportable petite amie... Ils allaient enfin se revoir sans que cette harpie arriviste ne mette son grain de sel dans leur relation. Il lui avait fallu quelques semaines pour comprendre que son fils avait adopté la tournure d'esprit matérialiste et vénale de son ex... Agatha palpe le renflement que fait son smartphone à travers le tissu de sa pochette. Nicolas s'inquiète-t-il pour sa « vieille mère », puisqu'il semble penser qu'il est temps pour elle de tirer sa révérence ? Elle est à deux doigts de craquer... Elle va craquer... Elle n'y tient plus !

— Madame de Bois Lagarde !

Agatha sursaute comme si elle était prise en flagrant délit de braquage place Vendôme.

— Oh ! Bonsoir ! Roxane, c'est bien ça ?

Comprenant que la cliente a frôlé l'infarctus, la monitrice semble vouloir disparaître de la pièce.

— Je suis navrée, je vous ai fait peur.

Agatha observe la jeune femme avec circonspection.

— Ce n'est rien, j'étais perdue dans mes pensées.

— Vous vouliez passer un appel, peut-être ? Je vous dérange...

— Pourquoi dites-vous ça ?

— Vous alliez prendre quelque chose dans votre pochette, et votre téléphone dépasse.

La femme d'affaires secoue vivement la tête et replonge le smartphone dans le petit sac.

— Au contraire, vous tombez à pic : détox digitale.

— Ah ! Mais c'est une super idée, ça !

Cette fois, Agatha scrute son interlocutrice d'un air songeur, puis l'invite à prendre place dans le large fauteuil attenant au canapé. La monitrice s'y laisse choir sans grâce.

— C'est peut-être une bonne idée, mais résultat, je m'ennuie ! reprend Agatha.

Roxane se redresse vivement, trop heureuse d'imaginer son planning se remplir.

— Je réitère ma proposition, vous savez ! Je peux vous organiser tout un tas de choses !

— Peut-être bien, finalement…

— Qu'est-ce qui vous ferait plaisir ?

Agatha tapote du bout des doigts le livre resté sur ses genoux. Roxane admire sa manucure impeccable et les impressionnantes bagues qui scintillent de diamants à ses doigts. Contrairement aux autres bijoux, son alliance est très simple.

— Je ne peux me résoudre à l'enlever, dit la cliente qui a suivi son regard. Elle est sobre mais jolie, n'est-ce pas ? Ce n'est pas la plus précieuse ou la plus travaillée, mais c'est la plus chère à mon cœur.

— Oui, je la trouve très délicate.

— Mon mari avait une particule mais pas la fortune assortie ! Par la suite, nous avons pu nous offrir beaucoup de choses avec l'entreprise que j'ai fondée. Enfin… soupire-t-elle, ainsi va la vie.

— Il n'est jamais trop tard pour vivre une nouvelle histoire, s'exclame Roxane d'un ton un peu trop enthousiaste.

Agatha s'affaisse dans le canapé.

— Tout ça ne m'intéresse plus. Je souhaitais simplement passer Noël avec mon fils unique, voilà tout ce qui m'importait. Pour finir, j'ai découvert qu'il comptait m'écarter de l'entreprise. De *mon* entreprise, vous entendez !

— Mais c'est dégueulasse !

— Je ne vous le fais pas dire.

La vieille dame élégante paraît soudain dix ans de plus, la tristesse malmenant ses traits harmonieux. Mais elle se reprend bien vite, balançant soudain le roman sur la table basse et posant d'un geste vif sa pochette sur ses genoux.

— Non ! Votre détox !

— Juste une vérification, et ensuite, promis, je serai irréprochable !

Agatha rallume son téléphone, tape le code sur l'écran d'accueil, puis les quatre chiffres du PIN. Le temps de trouver le réseau, les notifications s'affichent. Il y a un petit nombre de messages d'amis, quelques WhatsApp dans ce groupe si pénible des « joyeux copropriétaires » et les bons vœux en avance de tout un tas de lèche-bottes. Mais rien, absolument rien de la part de Nicolas. Par acquit de conscience, elle vérifie tout de même ses mails et pâlit en découvrant le destinataire d'un des derniers reçus.

« Maman, que tu le veuilles ou non, je te rejoins comme prévu.

Nous avons besoin de parler avenir.

Je t'embrasse, ton fils qui t'aime. Nicolas. »

— Je t'en foutrais, oui ! Quel faux jeton !

— Pardon ?

Agatha propulse le téléphone à l'autre bout du canapé, comme s'il s'agissait d'une braise ardente.

— Ma petite Roxane, revenons à nos moutons, voulez-vous !

— Nos moutons ?

— Du calme ! Je ne parle pas de bergerie, quoique j'apprécie le fromage de chèvre à l'occasion.

— Moi aussi, concède Roxane, un brin perdue.

— Je m'ennuie et je vais avoir besoin de vos services pour… deux ou trois petites choses.

— Si je peux répondre à vos besoins… répond l'employée qui a bien du mal à suivre le fil des pensées de la curieuse cliente.

— Oui ! Je suis certaine que cela sera dans vos cordes. Et vous le ferez, car il semblerait que nous ayons tout autant besoin l'une de l'autre…

Roxane s'empourpre, subitement à l'étroit dans le grand fauteuil.

— Je ne comprends pas...

— Voyez-vous, Roxane, ma force, dans le monde de l'entreprise, ça a toujours été de cerner les gens en quelques secondes. Et vous, ma chère petite, vous avez l'air brillante mais vous avez également quelque chose à cacher, ça crève les yeux.

— Je n'aime pas beaucoup vos insinuations ! s'emporte la jeune femme avant de baisser le ton pour ne pas attirer l'attention.

— Tout doux, Roxy ! Vous permettez que je vous appelle Roxy ? Loin, très loin de moi l'idée de vous causer des ennuis ! D'après ce que vous m'avez laissé entendre lors de notre première rencontre, vous ne seriez pas contre… une rentrée d'argent ?

— …

— Qui ne dit mot consent, donc. Et je suis certaine, vu votre pedigree et l'enthousiasme avec lequel Monsieur Hubert vante vos mérites, que vous pourrez m'emmener faire quelques sorties en raquettes et tout à la fois me rendre un petit service.

— Quel genre de service ? bredouille Roxane en sursautant quand une famille traverse le salon sans s'arrêter.

Le visage d'Agatha s'assombrit à nouveau, elle se contorsionne pour atteindre le téléphone qu'elle range aussitôt, comme pour enfouir les mauvaises nouvelles dont elle vient de prendre connaissance.

— Comme je vous l'ai dit, mon fils a semble-t-il décidé que je devais me ranger des voitures. Ineptie ! Sans moi, cette entreprise n'est rien. Cette entreprise, c'est mon deuxième bébé, en quelque sorte. Un bébé qui ne prendra jamais son envol, qui ne sera jamais autonome et pourvu de libre arbitre. Un bébé qui dépend de moi, et dont je dois m'occuper en permanence. Je ne sais pas ce que Nicolas s'imagine, mais ce travail est un vrai sacerdoce. Il n'est pas fait pour ça, en plus ! Lui, c'est un créatif ! J'aimerais qu'il trouve sa voie plutôt que de vouloir à tout prix marcher dans mes pas.

Roxane sent que la suite de la conversation va prendre un tour compliqué, mais elle n'a pas le temps d'opposer quoi que ce soit que la femme d'affaires dresse vers elle une main autoritaire pour lui signifier qu'elle n'en a pas terminé avec ses explications.

— Quand j'ai compris que Nicolas voulait reprendre les rênes de la société, j'ai eu la sensation de ne pas connaître mon fils. Je me sens trahie. Vieille et trahie. Je ne voudrais pas devenir vieille, trahie et inutile, par-dessus le marché !

— Et… tente Roxane.

— Et… vous allez me débarrasser de lui !

La monitrice écarquille les yeux. Elle pense contrat, mafia, scène de crime et son cœur se met à battre à tout rompre. Elle spécule sang, arme à feu, police criminelle… prison ? ! D'un bond, elle se lève du fauteuil, bien décidée à fuir le plus vite possible, mais Agatha la retient par le poignet.

— Pas de l'éliminer ! Qu'est-ce que vous allez chercher là !

Agatha se tord de rire à cette idée, pendant que Roxane, pas rassurée, se rassoit en se massant le poignet.

— Pardon, Roxane, je vous ai fait mal ?

— Vous avez une sacrée poigne pour…

— … pour mon âge ? s'amuse la cliente. Vous voyez que j'ai encore de l'énergie à revendre !

La jeune femme hausse les épaules, un peu vexée d'avoir laissé libre cours à sa grande imagination.

— Ça veut dire quoi, « vous en débarrasser » ?

Agatha se penche vers elle, tout en saisissant sur la table basse un bloc-notes et un crayon portant le logo de l'établissement.

— Il veut absolument me rejoindre. C'était notre projet de départ : passer quelques jours ensemble pour les fêtes de Noël. Vous comprenez que j'ai autant envie de le voir que de prendre un bain de lave !

— C'est certain…

— Et c'est là que vous entrez en scène, moyennant finance, bien sûr.

— Je suis désolée de vous décevoir, mais ça ne me dit rien.

Tout en discourant, Agatha a griffonné quelque chose sur la première feuille du bloc, qu'elle plie et fait glisser sur la table basse en direction de Roxane. D'un petit geste du menton, elle l'invite à regarder. Comme Agatha l'escomptait, la monitrice écarquille les yeux en découvrant la somme qu'elle a notée.

— Ah…

— Si vous ne le faites pas pour l'argent, faites-le pour moi, insiste la retraitée en sursis d'une voix plaintive.

Visiblement, Roxane se retient de lui dire qu'elle serait prête à pas mal de choses pour un tel montant. Elle garde le silence une longue minute, minute durant laquelle elle imagine sans doute comment elle pourrait employer cette belle somme.

— Que voulez-vous que je fasse ?

— Elle a dit oui ! À la bonne heure ! s'enthousiasme Agatha.

Au même moment, un couple d'Anglais pénètre dans le salon et prend place non loin d'elles, les forçant à plus de discrétion.

— Alors là, je ne sais pas du tout, ma petite Roxane ! reprend-elle à voix basse. Mais vous m'avez l'air bien maligne, donc je ne me fais pas de soucis. Bref, débrouillez-vous pour que mon Nicolas ne me rejoigne pas cette semaine. Je ne veux rien savoir sur la manière dont vous vous y prenez. Ce ne sont déjà plus mes affaires.

Sur ce, elle empoigne sa pochette et se lève, laissant là une Roxane complètement hébétée.

— Et sans lui faire le moindre mal, il va sans dire !

— Mais ?

— Et on se reparle vite des circuits en raquettes !

Agatha croise le directeur de l'hôtel alors qu'elle s'éloigne à grands pas.

— Monsieur Hubert, cette Roxane est formidable ! lance-t-elle joyeusement avant de disparaître en direction de sa chambre.

5

Cela fait plusieurs jours qu'Agatha tue le temps à coups de massages – mais grands dieux, sans pierres chaudes ! –, de mots croisés et de lectures. Malgré tout, elle a le cœur lourd : sans Nicolas, cette semaine n'a pas de sens. Elle se faisait une telle joie de partager avec lui les repas, de l'attendre au restaurant d'altitude avec un chocolat chaud pendant qu'il skierait, d'écouter d'une oreille distraite ses récits de sessions de ski, de discuter sans fin au coin du feu… Tout cela n'arrivera pas, et peut être plus jamais. La vie peut prendre de drôles de tournures… Au retour d'une balade en raquettes, Nour l'interpelle :

— Madame de Bois Lagarde, attendez ! Vous avez perdu quelque chose !

Agatha saisit vivement la boîte que lui tend la réceptionniste et la glisse avec empressement dans la poche de son blouson de ski.

— Zut ! La fermeture Éclair de mon sac à dos a dû s'accrocher quelque part. Merci, Nour, dit-elle d'une voix blanche.

— Tout va bien, madame ? s'inquiète la jeune femme.

— Oui. Très bien. Je vais me reposer avant le dîner.

Elle gagne sa chambre et fixe son téléphone portable qui la nargue depuis le début du séjour. Elle se lève, empoigne l'objet et le fourre dans un tiroir.

— Voilà qui est mieux !

Alors qu'elle s'apprête à passer à la salle de bains, elle perçoit des légers heurts contre la porte. Lorsqu'elle ouvre, le directeur de l'hôtel se tient dans l'encadrement. Il se dandine d'avant en arrière, passablement embarrassé.

— Monsieur Hubert ?

— Madame de Bois Lagarde, je suis désolé de vous déranger mais je… préférais venir en personne plutôt que de vous guetter à la réception.

— Quelque chose ne va pas ? s'inquiète Agatha.

— C'est-à-dire que… c'est délicat.

La cliente se décale de façon à laisser son visiteur pénétrer dans la suite.

— Je vous en prie.

Une fois la porte fermée, Monsieur Hubert paraît soulagé d'être hors de portée de vue.

— Je ne voulais pas évoquer ce sujet devant quiconque, et encore moins le personnel qui peut se montrer curieux, même si trié sur le volet.

— Vous me faites peur, Hubert !

Le majordome se tend un peu en comprenant qu'Agatha a mis son titre de côté.

— Votre fils…

Elle se fige aussitôt.

— Il a rappelé ? Écoutez, Hubert, je vous ai expressément demandé hier de lui dire que j'étais injoignable. Je crois que je ne peux pas être plus claire !

— Je sais, madame, je sais. Mais il a l'air vraiment très affecté par votre silence.

— Il s'est très mal comporté. Je n'ai pas envie d'entrer dans les détails, qui, de plus, ne concernent personne.

— Je le conçois tout à fait ; cela dit…

— Cela dit, rien du tout ! Vous êtes incroyablement professionnel et attentionné, Hubert, et c'est très appréciable, mais si ça peut vous consoler, dites-vous que ce ne sont pas vos oignons !

— Madame de Bois Lagarde…

Sur ce, elle le reconduit prestement dans le couloir et lui referme la porte au nez.

Formidable ! Nicolas fait des dégâts même sans être là ! Bravo, champion ! Agatha regrette aussitôt ses gestes et ses paroles, mais lorsqu'elle repasse la tête à l'extérieur de sa suite, Monsieur Hubert a déjà filé.

Elle décide de prendre son dîner dans sa chambre, se contente d'un quart de club sandwich qui ne passe pas et prend comme chaque soir ses médicaments avec un grand verre d'eau plate. Elle ne saurait dire si la grande tristesse qui l'habite est uniquement liée à Nicolas. Force est de constater que ses pensées tournent et virent vers l'adorable Monsieur Hubert, qu'elle revoit encore cramoisi sur le pas de sa porte. Vingt et une heures. Non, c'est décidé, elle va aller le trouver et lui servir quelque chose approchant des excuses. En plus, ce soir, il y a un tournoi de Scrabble ! Elle va s'amuser un peu.

À vingt-deux heures, Agatha est gagnée par la joie de ceux qui ont survolé la bataille et écrasé les adversaires. Elle n'a rien lâché, pas un mot compte triple, aucune lettre à dix points, rien. OK, l'ambiance n'était pas à la fête, mais elle joue pour remporter les parties, pas pour ménagers de piètres adversaires. Les autres participants n'ont pas demandé leur reste après le tournoi et vite regagné leurs chambres.

— Bande de mauvais perdants… commente Agatha en commandant une menthe pastille au bar.

Jules, le barman, sourit en douce.

— Je vous ai vu glousser, mon petit.

— Disons que vous êtes assez rigolote dans votre genre.

La femme d'affaires hausse un sourcil. C'est la première fois de la semaine qu'on lui tient un peu tête et c'est… plutôt agréable.

— Dites-moi, Jules, c'est ça ?

— Oui ?

— Expliquez-moi en quoi vous me trouvez rigolote.

Le jeune homme appuie un coude sur le zinc lustré et regarde dans le vide. Il cherche visiblement à trouver les mots justes.

— Je peux être sincère ?

— Je vous y autorise momentanément.

— OK. Alors je trouve que vous vous donnez parfois un genre, ou plutôt une posture.

— Moi ? Une posture ! s'offusque Agatha.

— Vous faites la dure, mais on voit bien que vous avez bon fond.

Elle encaisse en sirotant son digestif mentholé.

— Peut-être…

— Il y a quelque chose qui vous chagrine ?

— Ah ! le fameux cliché du barman psychologue.

Jules a une petite moue en saisissant un torchon pour essuyer des verres posés près de la cuve.

— Vous ne vous livrez pas beaucoup, je me trompe ?

— Je n'en ai pas eu l'habitude… Enfin, depuis que mon mari est décédé il y a dix ans, c'est vrai que je me suis endurcie.

À cet instant, tous deux aperçoivent Monsieur Hubert. Il s'apprête à entrer dans le bar et opère un demi-tour en distinguant la silhouette d'Agatha. Aussitôt, elle sent la honte gagner toutes les cellules de son corps. A-t-elle pu blesser profondément cette adorable personne ?

— Monsieur Hubert, je vous en prie !

Le directeur hésite, puis revient sur ses pas, un sourire figé collé au visage. Jules, de son côté, fait mine d'être affairé à l'autre bout du comptoir.

— Madame de Bois…

— Oh, arrêtez s'il vous plaît, appelez-moi Agatha, je n'en peux plus !

— Si vous y tenez… Agatha.

Ce n'est plus le Hubert qu'elle a côtoyé jusque-là. Il paraît éteint. Elle termine son verre d'un trait et prend son courage à deux mains. La voyant ainsi terminer sa boisson, l'homme ouvre de grands yeux.

— Bon, Hubert, je suis désolée, voilà.

— …

— Eh bien ?

— Que voulez-vous, madame de Bois…

— Hubert !

— Que voulez-vous, Agatha ?

— M'excuser. J'ai été odieuse avec vous tout à l'heure, vous avez fait office de paratonnerre et c'est moche.

— Excuses acceptées.

— Voulez-vous boire quelque chose ? Vous n'êtes plus en service ! Jules !

Le barman relève la tête et s'achemine vers eux.

— Agatha, je suis constamment en service… Mais, vous n'allez pas reprendre…

— Un verre d'eau, s'il vous plaît, et pour Monsieur Hubert ce sera… Que prenez-vous ?

— Un grand verre d'eau également. La journée a été compliquée, je ne voudrais pas en prime me réveiller avec un mal de tête.

Jules semble approuver un petit hochement de tête.

— J'ai raté quelque chose ?

— Les télécabines sont tombées en panne. L'équipe de maintenance s'est déplacée mais l'affaire paraît compliquée, cela va prendre plusieurs jours. Vous pouvez être tout à fait rassurée, votre fils n'est pas près de vous rejoindre, tout comme les clients qui ont réservé pour le réveillon…

Monsieur Hubert est pâle comme un linge, conscient qu'il va devoir encaisser la colère des vacanciers mécontents.

— Ben ça alors… bredouille Agatha en fixant son verre.

— Comme vous dites, ça va être terrible à gérer.

Bizarrement, le ventre d'Agatha se noue. Elle porte la main à son estomac et reprend un peu d'eau. Tenir Nicolas à distance était une chose, le savoir incapable de monter en est une autre. Hubert perçoit son trouble.

— Vous allez bien ?

— Je crois que je vais m'asseoir, enfin m'asseoir dans un fauteuil digne de ce nom et pas sur un de ses tabourets de torture.

Le directeur la conduit jusqu'à un sofa.

— Voulez-vous un peu plus d'eau ?

Agatha fait non de la tête.

— Vous n'allez pas défaillir ?

— Bon sang, Hubert, qu'est-ce qui vous prend ! Je…

Un truc cloche, elle a la sensation qu'il lui cache quelque chose.

— Attendez, Hubert, pourquoi me parlez-vous de défaillir ?

Une fois de plus, le grand costaud rougit.

— Je… Je ne sais pas ! Je…

— Oh, mon Dieu, ce que vous mentez mal ! On croirait un enfant de deux ans qui planque une bonbonnière dans son dos !

— Je…

— Mettez-vous à table !

— Je sais que vous êtes malade, là ! lance Hubert en s'arrachant une petite peau près du pouce, comme pour se punir.

Agatha se prend un trente-trois tonnes en pleine figure. Elle reste sonnée quelques secondes.

— Qui vous a dit ça ? !

— Je…

— J'ai dit à table, Hubert !

Le pauvre homme, pressurisé, n'y tient plus.

— Votre fils ! explose-t-il, tandis que Jules qui ne perçoit pas le fond de la conversation mais se régale de la forme, observe.

— Mais quoi, mon fils ?

— Il sait que vous avez subi une greffe du rein il y a cinq ans. Il a trouvé les papiers, et également vos dernières analyses.

— …

— Il a contacté votre néphrologue, lequel lui a répété ce qu'il vous a conseillé : il vous faut du repos ! Vous travaillez trop !

Agatha est sidérée. Comment son fils est-il tombé sur ces informations ? Comment a-t-il osé appeler son médecin dans son dos ? Comment a-t-il osé vider son sac à Hubert ? Comment ? Comment ? COMMENT !!! Elle s'efforce de recouvrer son calme en se concentrant sur sa respiration.

— C'est pour ça que vous regardiez mon digestif d'un drôle d'œil ! Ça va ! Je bois un verre par semaine !

Hubert hausse brièvement les épaules.

— Quand je pense que j'ai fait cette opération, que j'ai géré toutes les suites de chirurgie seule pour que Nicolas ne s'inquiète pas, et pour finir…

Tout à coup, Agatha mesure chacun des propos de son fils. C'est de cela qu'il s'agissait, il s'inquiétait de son état de santé, il était préoccupé par son rythme de vie. Il n'a peut-être pas l'envie subite de lui succéder ! Son petit chou, son tout-petit, est angoissé !

— Mais qu'est-ce que j'ai fait ! s'exclame-t-elle en se prenant la tête à deux mains.

Hubert s'assoit près d'elle et lui serre doucement le bras.

— Vous ne pouviez pas savoir…

— Hubert…

— Il n'est pas facile de sortir du mensonge, même quand il est pieux.

— Mais alors, Nicolas…

— Votre garçon tient très fort à vous, croyez-moi. Il devenait dingue au téléphone.

— Et maintenant, il est coincé en bas !

Cette fois, Hubert acquiesce, déconfit.

— Je le crains, ils sont tous dans le même cas.

Tandis qu'Hubert raccompagne Agatha jusqu'à sa chambre, tous deux restent silencieux, préoccupés par des choses différentes. Lorsqu'ils sont devant la porte de la suite, Agatha le regarde avec tristesse.

— Voulez-vous que je vous déçoive un peu plus, très cher ?

— Pardon ? s'inquiète le majordome.

— La particule… Je suis une pièce rapportée. J'ai fait fortune avec ma ligne de cosmétiques, des savons et des bombes de bain.

— Oh ! Vous savez, plus le temps passe, et plus je relativise.

— C'est-à-dire ?

— La noblesse qui compte, chère Agatha, est celle du cœur.

Agatha sourit faiblement. Avant que le gentleman ne tourne les talons, elle dépose un baiser sur sa joue, le faisant changer de couleur pour la dixième fois de la journée.

6

Agatha a peu dormi. Elle a passé une bonne partie de la nuit à parler au téléphone avec son fils. Nicolas ne savait comment lui expliquer, sans qu'elle sorte de ses gonds, qu'il avait découvert des documents médicaux dans son bureau. Lui-même avait été sur la défensive, blessé de comprendre que sa mère s'était fait soigner en cachette. N'avait-elle pas confiance en lui, qui ne demandait qu'à être présent ? Le cœur d'Agatha s'est gonflé d'amour pour son fils. Elle ne l'a pas perdu. Et puis, pendant qu'ils en étaient à parler franchement, il a annoncé à Agatha qu'il ne tenait pas du tout à reprendre la société, ce qui finalement convenait à celle-ci. Peut-être est-il temps de regarder l'avenir en face et de discuter association avec ses proches collaborateurs qui, elle le sait, seraient heureux de prendre plus de responsabilités et d'intéressements…

Toujours est-il que les remontées mécaniques sont hors d'usage et que Nicolas passera le réveillon dans la vallée. Il a trouvé un autre hôtel, il skiera tout de même. Ils se retrouveront quand Agatha pourra redescendre.

En cette matinée de veille de Noël, les sentiments qu'éprouvent Agatha sont très différents du reste de la semaine. Bien sûr, elle est déçue de ne pas réveillonner avec Nicolas, mais elle sait leurs liens préservés et c'est tout ce qui compte. Elle croise Hubert, au détour d'un couloir.

— Vous vous sentez mieux, Agatha ?

— Hubert, je suis heureuse de vous voir ! Merci encore pour… votre réconfort.

— Ce n'est rien, je ne fais que mon devoir.

— C'était donc uniquement professionnel ?

Le directeur de l'hôtel fronce les sourcils, un peu piteux.

— Euh… Oui.

— Quel dommage, alors… Je pensais que…

— Oui ?

— Non, rien. Tant pis pour moi, soupire Agatha avec malice.

Alors qu'elle fait mine de s'éloigner, Hubert toussote avant de se lancer.

— Agatha ?

— Oui ?

— J'ai quelques de coups de fil à passer, donc je ne vais pas y mettre autant les formes que je l'aurais voulu mais… accepteriez-vous de dîner avec moi ce soir ? Je ne suis pas de service, pour reprendre votre expression, et comme votre fils ne peut pas vous rejoindre…

— C'est un grand oui ! s'illumine Agatha.

Le visage d'Hubert se pare d'un sourire de ravi de la crèche.

— À ce soir donc !

— Je m'en réjouis d'avance, parvient-il à articuler.

Agatha s'octroie une journée totalement off. Elle va d'un transat de la terrasse au canapé du petit salon, et de celui-ci à son lit. Ni livre ni mots croisés. Elle rêvasse, enfin plus sereine. À soixante-cinq ans, elle se sent bien, la greffe a été une réussite, mais il serait idiot de se comporter comme si tout cela n'existait pas. Alors, oui, elle va prendre des dispositions, penser à lever le pied et à ne conserver que ce qui lui tient à cœur dans l'entreprise.

Ce soir-là, alors qu'elle est apprêtée pour réveillonner, elle prend un jus de tomate comme apéritif au moment où Jimmy Mariani, le fameux crooner, entre en scène. Il a quand même quelque chose, ce type, il n'y a pas à dire. Elle se revoit danser avec Victor, des années plus tôt. L'image d'Hubert s'invite jusque dans son esprit. Danse-t-il bien ? Il faudra vérifier ce point. La salle du restaurant et le bar sont magnifiquement décorés pour cette soirée, des bougies ont été disposées un peu partout.

— Bonjour, chère madame de Bois.

Agatha tressaille, personne ici ne l'appelle ainsi et… elle connaît cette voix !

— Nicolas ?

Son fils se tient en tenue de ski dans l'entrée du bar.

— Mais !

Il s'approche et enlace sa mère avec chaleur, sa tenue est toute couverte de neige.

— Attends que je me débarrasse de tout ça, sinon je vais tremper ta jolie robe.

Agatha reste bouche bée.

— Mais comment… Qu'est-ce que…

— Une histoire de dingue, mais il fallait que je sois avec toi ce soir. Figure-toi qu'après deux jours sans trouver le moindre mono libre, je suis tombé sur un guide dispo en début d'après-midi.

— Tu veux dire que tu es venu…

— En ski de rando ! J'en peux plus ! Une flûte de champagne et je tombe par terre.

— Oh ! je suis tellement, mais alors tellement heureuse, mon chéri, jubile Agatha.

Au même moment, Hubert pénètre dans le bar ; son apparence est encore plus soignée que d'habitude. Il tique en comprenant qui est le jeune homme à côté de sa cavalière.

— Je suis heureux que vous ayez trouvé un moyen de nous rejoindre, cher monsieur.

— Ça a été compliqué, mais je suis là !

Le directeur se compose une figure neutre.

— Je vais vous laisser dîner en tête à tête, vous avez besoin de vous retrouver !

Mais Agatha secoue vivement la tête et passe son bras dans le sien.

— Vous ne pensiez pas vous en sortir comme ça, Hubert ! Dînons tous les trois ! Je vous kidnappe, que vous le vouliez ou non !

Hubert éclate de rire.

— Dans ce cas, je me laisse kidnapper bien volontiers !

Et tandis que le crooner entame un standard américain de Noël, Agatha pénètre dans la salle du restaurant, un homme à chaque bras.

ROXANE

*

Marie Vareille

Roxane descend de la cabine et attrape son énorme sac à dos de randonnée, ses skis et un vieux sac de voyage en cuir, particulièrement peu pratique, mais qui lui vient de son père et dont elle ne se séparerait pour rien au monde. Elle baisse ses paupières, inspire profondément, expire. Un peu de vapeur blanche s'échappe de ses lèvres gercées. Elle ouvre les yeux et contemple le mont Blanc dont la neige lisse prend une couleur rosée, baignée par la lumière de fin d'après-midi. Pendant quelques précieuses secondes, ni son barda ni ses soucis quotidiens ne pèsent plus sur ses épaules. Elle pense : *Le monde est beau, l'instant présent est précieux.* Il est tout ce que nous possédons. Elle doit se souvenir de cela.

D'un pas décidé, elle se dirige vers le chalet imposant qui se dresse un peu plus loin, au milieu des sapins saupoudrés de neige et entouré de bâtiments en bois plus petits. L'air pur et froid lui brûle la gorge et de petites larmes apparaissent au coin de ses paupières. Arrivée devant la porte du Grand Hôtel du Val des Neiges, elle sort un mouchoir, se mouche bruyamment et pousse la porte de l'établissement.

Un feu crépite dans la cheminée du hall d'entrée et, derrière le comptoir verni de la réception, se tient un homme en costume sombre aussi droit et rigide qu'un soldat de la garde royale de Buckingham Palace. Roxane le reconnaît aussitôt. Pourtant, il est très différent de la photo de lui prise trente ans plus tôt, la seule qu'elle possède, glissée entre les pages du carnet qui ne la quitte jamais. Ses cheveux sont plus clairsemés, teintés de gris et de blanc, et son léger embonpoint lui donne une autorité naturelle qui intimide Roxane. Mais elle ne va tout de même pas se dégonfler maintenant. L'homme lève la tête, son regard inquisiteur détaille la visiteuse, son pantalon de ski orange et usé, son bonnet péruvien agrémenté d'un pompon qui ne tient plus qu'à un fil. Il fronce légèrement les sourcils et se rengorge comme un coq prêt à défendre son poulailler :

— Bonsoir, mademoiselle, je peux vous aider ?

Il a le ton de quelqu'un qui est aussi motivé pour lui rendre service que pour se faire crever un œil sans anesthésie.

— Je suis la monitrice de ski.

— Oh, oui, bien sûr ! Le personnel ne rentre pas par l'entrée principale, vous devez prendre l'entrée de service, à l'arrière.

— D'accord, désolée.

— Ça ira pour cette fois.

Il décroche le téléphone.

— Nour, pouvez-vous s'il vous plaît venir me remplacer quelques instants à la réception, j'ai une urgence.

Il raccroche, se tourne vers l'urgence, Roxane, donc, qui goutte sur l'épais tapis.

— Je suis Hubert Rouvier, mais tout le monde m'appelle Monsieur Hubert, le directeur du Grand Hôtel du Val des Neiges. Vos références de Megève sont excellentes. Je connais un peu la concierge du Saint-Pierre à Courchevel et sa lettre de recommandation dithyrambique n'est pas pour rien dans votre embauche. Nous avons ce brave Raoul pour les cours en groupe, mais nous ne pouvions pas nous permettre de ne pas proposer de cours particuliers. Vous nous sauvez la vie !

Roxane sourit poliment. Elle savait que Francesco y était allé un peu fort, sur les lettres de recommandation et le CV. Elle voulait absolument être embauchée et son meilleur ami, qui fait toutes les saisons de ski dans différentes stations depuis des années, l'a aidée à créer le CV idéal de toutes pièces.

— Ça, et le fait que vous parlez néerlandais ! poursuit Monsieur Hubert. C'est très rare de savoir parler néerlandais, sauf pour les Néerlandais bien sûr.

Roxane sait bien que c'est très rare, les gens qui parlent néerlandais, puisque c'est la raison pour laquelle, toujours sur les bons conseils de Francesco, elle a affirmé sur son CV qu'elle était bilingue en néerlandais alors qu'elle n'en parle pas un traître mot.

— Nous avons justement un client qui arrive d'Amsterdam cette semaine, Jort Van den Heuvel. Quand je lui ai dit que nous proposions des cours particuliers de ski en néerlandais avec une ancienne championne olympique, il était aux anges. Il a réservé une heure par jour, tous les jours de la semaine !

Roxane se décompose.

— Oui… alors, pas vraiment championne olympique, j'ai juste participé à une sélection qui…

Monsieur Hubert agite la main comme si tout cela relevait du détail le plus futile.

— Ne soyez pas modeste, c'est pareil, c'est un débutant, il n'y verra que du feu. L'essentiel, c'est que vous parliez néerlandais !

— *Ja* ? tente Roxane, qui n'est même pas sûre de savoir dire « oui » en batave et qui n'a plus qu'à prier intérieurement pour qu'il existe une application « Apprenez le néerlandais en une nuit » si elle ne veut pas se faire virer dans les vingt-quatre heures.

— Ah, voilà Nour, suivez-moi, mademoiselle Esposito.

Roxane se retourne pour voir à qui il s'adresse, avant de comprendre qu'il s'agit d'elle. Un court instant, elle a oublié qu'elle a postulé en utilisant le nom de famille de Francesco. Elle ne pouvait utiliser le sien, qu'Hubert aurait reconnu. Cette histoire d'infiltration va forcément mal se passer. Elle, la gaffeuse, toujours à côté de la plaque, plus à l'ouest que le Finistère, va se faire griller en moins de dix minutes.

— Voilà votre entrée, explique Monsieur Hubert en lui montrant la porte de derrière. Il y a un code : 2412B. Surtout ne le communiquez à personne.

Vous pouvez ranger votre matériel de ski ici, je vois que vous êtes équipée. Comme je vous le disais au téléphone, il m'a semblé plus simple de vous loger à l'hôtel cette semaine ; à partir du 5 janvier, vous pourrez habiter dans la vallée et venir à la journée, mais la semaine de Noël, tout le monde est débordé et les télécabines ne fonctionnent que de neuf à dix-sept heures, donc on est obligés d'avoir tout le monde sur place. Et puis, l'hôtel est plein et ce sont en général nos clients VIP qui réservent cette semaine-là. On ne peut évidemment pas leur demander de vous attendre en bas des remontées mécaniques.

Il a un petit rire, comme si l'idée de ses clients attendant ne serait-ce qu'une minute constituait le comble de l'absurdité.

— Vous retrouverez les clients à la réception. Je pense que c'est bien que vous y soyez présente entre dix-sept et dix-neuf heures, quand les clients rentrent de leur journée de ski ou de leurs activités dans la vallée, parce que certains souhaiteront discuter avant avec vous des promenades ou activités possibles pour le lendemain, notamment pour les sorties en raquettes. Dans ce cas-là, vous pouvez leur proposer de boire un verre au bar pendant la discussion. Votre boisson sera offerte, mais vous n'êtes pas autorisée à boire de l'alcool sur votre temps de travail. Je vous recommande fortement le chocolat chaud. Vous avez des origines italiennes ?

— Oui, du côté de ma grand-mère maternelle.

— Quel coin en Italie ?

— Naples, balance Roxane au hasard.

Elle aurait dû dire Rome, elle est allée à Rome il y a quelques années, alors qu'elle n'a jamais fichu un pied à Naples. Il faut vraiment qu'elle se concentre.

— Ah, je connais très mal Naples… À votre droite, se trouve le spa, mais évidemment vous n'y avez pas accès en tant qu'employée. Vous avez de la famille là-bas ?

Roxane ouvre des yeux ronds.

— Au spa ?

Monsieur Hubert fronce les sourcils.

— À Naples, voyons !

— Heu oui, mes grands-parents habitent là-bas.

Qu'est-ce qu'elle est en train de raconter ?

Monsieur Hubert appuie sur le bouton d'appel d'un ascenseur discret, au fond d'un couloir.

— Je vais vous montrer votre chambre, dans le bâtiment des employés, comme cela, vous pourrez vous changer. Dans quel secteur travaillent vos parents ?

Roxane est de plus en plus mal à l'aise. Qu'est-ce qu'on peut bien faire quand on habite à Naples ?

— Ils tiennent une pizzeria.

— Ah merveilleux, merveilleux. Et le néerlandais, vous l'avez appris comment, déjà ?

— Eh bien, mon père est néerlandais, mais il s'est installé en Italie avec ma mère, elle ne pouvait pas laisser tomber la pizzeria familiale.

— Oui, évidemment, approuve le directeur avec fermeté, manifestement au courant de ce qu'il convient de faire en matière de pizzerias familiales. Voilà votre chambre. Vous avez un lavabo dans votre chambre, en revanche, vous partagerez la salle de bains et les toilettes au fond du couloir avec Jules, notre barman, Nour, mon bras droit, et Jessica, l'une des femmes de chambre.

— D'accord.

— Je vous propose donc de vous changer et de venir proposer vos services au bar vers dix-sept heures. En attendant, vous pouvez étudier les différentes excursions proposées par l'hôtel. Enfin, je suis sûr que vous connaissez le coin par cœur ! Quand je pense que vous avez été aussi alpiniste dans cette région et que vous avez fait l'ascension du mont Blanc, on a vraiment trouvé la perle rare, cette année !

Roxane sort un sourire aussi naturel qu'une plante en plastique et maudit intérieurement Francesco.

— À tout à l'heure, déclare Monsieur Hubert. Et n'oubliez pas de vous changer !

Roxane referme la porte de la petite chambre derrière elle et pousse un long soupir.

La pièce est minuscule, mais propre. Un lit simple, une armoire en bois, un lavabo et un tabouret en bois qui fait office de table de nuit. Roxane laisse tomber son sac de randonnée, sa besace et le sac en cuir de son père sur le plancher avec un soupir de soulagement. Elle s'étire en grimaçant et s'allonge sur le lit recouvert d'une couverture en patchwork. Juste au-dessus sa tête, elle peut voir la neige s'amonceler sur la petite lucarne. Il faut qu'elle se change, qu'elle étudie le plan des pistes, qu'elle lise un guide de Naples et apprenne le néerlandais et probablement l'italien d'ici le lendemain matin. Dans quelle situation absurde s'est-elle encore fourrée ?

Elle sort du sac en cuir son carnet à spirale et un stylo et elle commence à écrire. Roxane a pris l'habitude d'écrire dans des carnets depuis que sa mère est morte et que le monde s'est effondré. Depuis que plus rien ne fait sens et que les émotions sont venues l'étouffer de l'intérieur. Elle écrit tout ce qui lui passe par la tête, elle se décharge du bouillonnement d'émotions en elle, en mots sur le papier avant qu'il ne vienne empoisonner son existence. Elle raconte des souvenirs, des moments, des pensées, sa tristesse et les questions que sa mère a laissées sans réponse en partant. Cette fois, cependant, elle se contente de noter, sous la date du jour, la liste des mensonges qu'elle vient de sortir à Hubert Rouvier, afin de ne pas s'emmêler les pinceaux et d'éviter de lui affirmer le lendemain dans un moment de panique qu'elle a des parents suédois dans la mafia colombienne. Puis, elle appelle Francesco et lui fait un résumé des événements.

— Est-ce que tu as parlé à Hubert Rouvier ? demande Francesco. Est-ce qu'il t'a reconnue ?

— Non… avoue Roxane, j'ai peur de sa réaction. Il n'a pas répondu à mon email, je ne suis pas sûre qu'il veuille me rencontrer… Je ne sais pas ce que je fiche ici, j'aimerais juste éviter que ça se termine en drame en trois actes.

Francesco éclate d'un rire sonore et Roxane lève les yeux au ciel.

— Ce n'est pas drôle ! Je n'aurais jamais dû dire que je parlais néerlandais ; il y a un client hollandais qui réclame une prof de ski !

— Oh, ce n'est pas si grave, déclare Francesco, je suis sûre que le hollandais est une langue intuitive. Regarde, moi je suis italien et je comprends l'espagnol, il suffit d'improviser !

— Ça n'a rien à voir et, de toute façon, tu sais très bien que, contrairement à toi, je ne sais pas improviser !

— Bon, tiens-moi au courant, je dois aller sortir Catherine.

— Quand je pense que tu as appelé ton chien comme notre prof de maths de terminale…

— Elle l'avait mérité ! Bisous, Bella !

Roxane raccroche. Elle défait ses bagages, range ses quelques vêtements dans l'armoire de bois, pose ses carnets sur la table de nuit à côté du cadre qui contient la photo d'elle et de ses parents qu'elle emporte partout avec elle. Elle ne se rappelle pas le jour où elle a été prise. Sur le cliché, ils se tiennent tous les trois sur la terrasse ensoleillée d'une maison en Provence dont Roxane n'a pas le moindre souvenir. Ils sourient, ils ont l'air heureux. Roxane étudie le visage épanoui de sa mère, ses mèches châtains qui volent sous la brise ; elle plisse les yeux à cause du soleil et l'appareil photo a figé son éclat de rire. Roxane peut presque l'entendre, ce rire sonore et joyeux qui résonnait dès que sa mère passait une porte, ce rire facile qui faisait fleurir autour d'elle les sourires et la sympathie. Sur la photo, son père, plus réservé, observe sa femme avec un air émerveillé, l'air de quelqu'un qui sait qu'il a gagné au loto et qui a du mal à croire en sa chance.

Roxane frôle le visage de ses parents du bout des doigts.

— Est-ce que tu étais heureuse, Maman ? murmure-t-elle. Ou est-ce que tu nous as menti toute ta vie ?

Elle soupire et repose le cadre sur la table de nuit. Il y a un peu plus de deux ans, son téléphone avait sonné au milieu de la nuit. Quand elle s'était couchée, elle avait encore une Maman ; après ce coup de fil, elle n'en avait plus. Une crise cardiaque inexpliquée. Pas d'antécédent, pas de préavis. C'était sa grand-mère qui l'avait appelée, son père était trop bouleversé pour le lui annoncer. Roxane, en état de choc, s'était occupée de tout, de l'enterrement, des faire-part, de prévenir les proches, de résilier l'abonnement téléphonique et de fermer le compte en banque de celle qui l'avait portée dans son ventre, celle qu'elle appelait dès qu'elle avait une question, un problème ou besoin d'un conseil. Le pilier discret, mais inébranlable sur lequel reposaient les fondations de son bonheur venait de s'effondrer.

Roxane n'avait jamais vraiment appris à vivre sans sa mère. Elle travaillait alors dans un centre d'appels, elle répondait toute la journée à des gens qui voulaient échanger des billets d'avion, réserver des voyages, se plaindre que le site ne marchait pas, que leur carte ne passait pas ou qu'ils voulaient être remboursés immédiatement. Elle avait un amoureux, Marc, ils venaient de s'installer ensemble et ils économisaient pour s'acheter un appartement. Sa mère n'aimait pas trop Marc. Elle ne l'affirmait pas aussi ouvertement, bien sûr, mais Roxane la connaissait suffisamment pour le deviner. Elle lui répétait : « Tu es trop jeune pour être aussi raisonnable ! Va faire le tour du monde, profite de la vie, le monde est beau, l'instant présent est précieux. Il est tout ce que nous possédons, alors ne le dilapide pas sous prétexte de construire l'avenir. » Roxane n'avait jamais vraiment pris ses conseils au sérieux. Sa mère n'avait jamais fait le tour du monde ou réalisé de grands rêves, elle s'était mariée avant l'âge de trente ans, quand elle était tombée enceinte de Roxane, et ses parents avaient vécu une vie simple et raisonnable, sans grandes ambitions ou autres projets d'avenir que celui de fonder une famille unie. Roxane avait toujours pensé qu'ils étaient heureux. Et puis, un jour, son père qui ne supportait pas l'idée de donner ce qui avait appartenu à sa femme, lui avait demandé de venir faire le tri dans ses affaires. Roxane avait accepté. Elle s'était occupée de tout, alors elle pouvait bien s'occuper de cela. Elle avait trié les robes colorées, gardé celle que sa mère portait la dernière fois qu'elle l'avait vue et donné les autres, elle avait emporté sa bouteille de parfum, dont elle conservait précieusement le fond. Ne s'autorisant à en respirer l'odeur que quand elle se sentait vraiment mal, le jour de son anniversaire ou à Noël. Et puis, tout au fond d'un placard, derrière les chaussures qu'on garde mais qu'on ne met plus et le carton des décorations de Noël, Roxane avait trouvé une boîte métallique peinte qui avait, un jour lointain, contenu des palets bretons et qui, malheureusement, contenait désormais une série de photos et de lettres qui avait donné une tout autre dimension aux conseils de sa mère. La dimension d'une autre vie possible, sa vraie vie, à laquelle sa mère aurait renoncé.

Roxane secoue la tête, elle n'a pas envie de penser à ça. Ça ne sert à rien de ressasser le passé.

Il faut accepter, avait dit la psy, que certaines questions restent sans réponse.

Elle se change, enfile un jean et une polaire bleu marine. Puis, comme le lui a demandé Monsieur Hubert, elle descend à la réception avec la carte des promenades en raquettes à faire dans le coin et le plan des pistes afin d'être disponible pour ces clients potentiels.

À peine est-elle sortie de l'ascenseur qu'un grand roux tout sourire se précipite sur elle :

— *Hallo, ben jij Roxane ? De skileraar ? Ik ben Jort Van den Heuvel. Ik zat op je te wachten.*

L'homme a l'air charmant, mais il aurait sorti un fusil à pompe et lui aurait collé sur la nuque que Roxane n'aurait pas été plus terrorisée.

— *Niet !* s'écrie-t-elle, paniquée, avant de foncer droit devant elle pour s'éloigner au plus vite du redoutable Hollandais.

L'homme, vaguement décontenancé par cette réaction inattendue, répond quelque chose dans sa langue, déçu, invalidant instantanément l'hypothèse selon laquelle le hollandais serait une langue intuitive.

La fuite de Roxane la mène jusqu'au bar. Elle se retourne à plusieurs reprises pour vérifier que l'homme ne l'a pas suivie. Dans la lumière tamisée, une femme au teint clair d'une soixantaine d'années demande un cocktail compliqué au serveur. Malgré sa petite taille, la femme a une présence forte, sympathique tout en étant un brin autoritaire. Elle intrigue Roxane. Peut-être la cliente comprend-elle que Roxane ne sait pas trop quoi faire de son corps à cet instant précis, parce qu'elle se tourne vers elle et lui tend une main élégante, chargée de bagues.

— Agatha de Bois Lagarde, enfin, Agatha de Bois, ça suffira !

Roxane serre la main tachetée de cette femme élégante et pleine d'assurance.

— Roxane Bourd… Heu, Esposito !

— Vous êtes en vacances, vous aussi ? Ils vous avaient prévenue que l'hôtel n'était accessible qu'en télécabines ? Franchement, c'est un peu fort. Enfin, le directeur est si charmant, je n'ai pas voulu faire d'esclandre.

— Je suis guide et monitrice de ski, explique Roxane. Si vous le souhaitez, je peux vous accompagner pour une petite promenade en raquettes dans le coin ? Ou peut-être avez-vous envie d'un cours particulier de ski ?

Agatha éclate d'un rire cristallin.

— Ma petite, j'ai autant envie de monter sur des skis que de voir mon fils à Noël. Et c'est dire !

Roxane ne sait quoi répondre. Ce petit bout de femme semble avoir l'énergie d'une pile électrique, son élégance et sa vivacité l'impressionnent.

— Votre cocktail, madame.

Le jeune homme est revenu derrière le bar. Il pose délicatement sur une petite serviette en papier, un verre joliment décoré, rempli d'une mixture verdâtre.

— Merci ! Vous avez ajouté mes épinards, Jules ?

— Bien sûr, madame de Bois Lagarde.

— Très bien, répond Agatha avec un sourire ravi devant sa boisson qui a tout d'une soupe d'algues périmée.

Roxane réfléchit à toute vitesse. Cette femme a l'air seule, riche et plutôt sympa. Elle ne souhaite pas prendre de leçons de ski et il est fort probable qu'elle ne parle ni italien ni néerlandais, ce qui, en cet instant précis, constitue pour Roxane deux qualités primordiales. Si Agatha de Bois Lagarde venait à réserver ses services sur suffisamment de créneaux, peut-être pourrait-elle échapper au client néerlandais.

— Madame de Bois Lagarde, si vous changez d'avis ou si vous avez envie de quoi que ce soit, n'hésitez pas à me solliciter, je peux vous faire visiter la vallée, vous conduire au village, vous accompagner faire du shopping, faire vos réservations au spa, j'ai de nombreuses casquettes, je pourrais être votre assistante particulière pendant votre séjour !

L'idée semblait plus brillante dans sa tête qu'à voix haute, mais Roxane est prête à tout pour se débarrasser du Néerlandais, même à proposer à Agatha de lui cirer ses chaussures.

Agatha inspire une gorgée de sa mixture et plisse les yeux. Elle examine Roxane, comme si elle l'observait vraiment pour la première fois.

— J'aurais peut-être besoin de vous pour quelque chose, finit-elle par répondre. Je vais réfléchir.

— Parfait ! Je suis toujours dans les parages en fin d'après-midi, bref, n'hésitez pas si vous avez besoin de quoi que ce soit, je suis là !

— Très bien, ma petite, à plus tard.

Agatha agite ses bagues et s'éloigne pour boire son cocktail près de la cheminée. Roxane ne cesse de vérifier que le Néerlandais n'est pas dans les parages. Comment diable va-t-elle pouvoir se sortir de cette situation ?

— Tu attends quelqu'un ?

Elle sursaute, se retourne et constate que le barman l'observe avec un sourire amusé.

— Non, pourquoi ? demande-t-elle sur la défensive.

— Je ne sais pas, tu as la tête de quelqu'un qui s'attend à voir débarquer une armée de zombies à tout instant.

— Je préférerais les zombies, marmonne Roxane, en se plaçant volontairement dans une zone d'ombre pour ne pas être repérée par l'ennemi batave.

— Au fait, moi, c'est Jules.

— Roxane.

Jules semble s'être détendu depuis qu'Agatha de Bois Lagarde s'est éloignée. Il a perdu son air guindé et ses yeux noirs esquissent un sourire.

— Alors, c'est toi, l'alpiniste polyglotte que Monsieur Hubert nous a dégoté à la dernière minute ?

Roxane ricane.

— Oui, sans oublier championne olympique de natation synchronisée !

Jules hausse un sourcil surpris.

— C'est-à-dire ?

Roxane soupire, elle examine Jules avec attention pour la première fois. À peine la trentaine, brun et de beaux yeux sombres qui la dévisagent avec une curiosité amusée. Pas le style de Roxane, qui a toujours eu un faible pour les blonds aux yeux bleus, mais indéniablement charmant. Roxane hésite, puis décide qu'elle a besoin d'un allié et que Jules se trouve être à la bonne place au bon moment.

— C'est-à-dire, chuchote-t-elle, que j'ai peut-être un petit peu exagéré mes compétences sur mon CV, histoire d'être sûre d'être embauchée pour la semaine…

— Oh… tu n'es pas polyglotte ?

— Non, sauf si on considère qu'imiter la voix de Dark Vador est une langue étrangère…

Roxane porte la main à la bouche et prononce d'une voix grave en soufflant très fort :

— Luke, je suis ton père…

Jules éclate de rire.

— Désolé de te décevoir, mais en tant que fan de *Star Wars*, je ne peux même pas valider tes compétences en langue Dark Vador. Alpiniste professionnelle ?

— Non plus… Très forte en ski, mais aucune compétence d'enseignement.

— Et la natation synchronisée ?

— Je nage comme un fer à repasser.

— Je vois. Quelles sont tes réelles compétences ?

— Je suis sympa, plutôt drôle, les enfants m'adorent, je sais danser le madison, je peux toucher mon nez avec ma langue, je fais une excellente tarte à la tomate et un délicieux guacamole, mais ce sont les deux seules recettes que je maîtrise et je connais les paroles d'absolument toutes les chansons françaises des années 1980 et 1990.

— Balavoine ? Céline Dion ? Gilbert Montagné ? Bruel ?

— Incollable.

— Dommage que les soirées guacamole-karaoké ne soient pas trop le genre de la maison. Goldman ?

— Mon idole.

Jules esquisse un demi-sourire.

— Personne n'est parfait…

— Ne rentrons pas dans ce débat. Enfin, tu comprends que je me suis mise dans une situation délicate.

— Oui… C'est sûr que, vu le prix que les gens payent pour leur semaine de vacances, ils risquent de ne pas être enchantés d'échanger leur cours particulier de ski avec une ex-championne olympique avec une part de tarte à la tomate. Et sinon, pourquoi tu voulais à ce point être prise ici ?

— Je veux faire le tour du monde, j'ai besoin d'argent et j'ai décidé de devenir saisonnière.

— D'accord, mais peut-être que tu aurais pu l'être dans un établissement un peu moins chic pour commencer, histoire d'accumuler un peu d'expérience ?

— Il fallait que ce soit ici.

La conviction dans la voix de Roxane attise la curiosité de Jules.

— Pourquoi ?

La jeune femme secoue la main comme pour chasser la question inopportune.

— Le truc, c'est que j'ai pris cette décision la semaine dernière quand je suis tombée par hasard sur l'annonce postée par Monsieur Hubert sur le site de l'hôtel.

Jules hoche la tête et s'accoude sur le bar.

— Oui, pour les cours en groupe, il y a Raoul, mais Sébastien, celui qui s'occupe habituellement des cours particuliers, est parti en congé paternité plus tôt que prévu : il a eu des jumeaux prématurés.

Monsieur Hubert a failli faire une crise cardiaque quand il lui a annoncé qu'il ne pourrait pas revenir avant fin janvier. Mais, attends... Je ne comprends pas... Tu veux dire que la semaine dernière, tu es tombée sur cette annonce et tu as pris la décision de devenir saisonnière et de partir faire le tour du monde ?

— Oui. Je sais que ça paraît fou, mais quand j'ai vu cette annonce, postée à la dernière minute, je ne sais pas... Je me suis dit que c'était le destin, que... que je n'étais pas tombée dessus par hasard.

De fait, le hasard n'avait pas grand-chose à voir avec tout ça, puisque Roxane, très régulièrement, passait en revue le site Internet et les réseaux sociaux du Grand Hôtel du Val des Neiges dans l'espoir de trouver un moyen de s'y rendre sans attirer l'attention.

Jules pianote sur le bar, l'air songeur. Roxane se dit qu'il doit la prendre pour une folle, ce qui serait légitime.

— Je trouve ça génial de faire ça, finit-il par murmurer avec une étincelle d'admiration dans les yeux.

Roxane fronce les sourcils, surprise.

— Tu trouves génial de se retrouver coincée ici avec tout le monde qui est persuadé que je suis un génie quadrilingue, poursuivie par un Hollandais qui peut me démasquer à tout moment ?

— Non, enfin, ça, je trouve que c'est drôle !

— Moi, pas vraiment...

— Je plaisante, je voulais dire que je trouve ça beau, de décider sur un coup de tête de partir faire le tour du monde. Tiens, toi qui es fan de chanson française, tu veux que je te confie un secret qui va te remonter le moral ?

— Oui…

— Tu vois le type là-bas, avec les lunettes de soleil ? Tu le reconnais ?

Roxane se tourne et observe un homme brun et barbu assis dans un fauteuil devant la cheminée dont les lunettes de soleil font tache dans le décor de chalet de haute montagne.

— Non, c'est qui ?

— C'est Jimmy Mariani, le chanteur.

— Ah oui ?

L'émotion envahit Roxane sans prévenir.

Jules s'aperçoit que son annonce n'a pas l'effet escompté. Un voile de tristesse a envahi les yeux bruns de la jeune femme.

— Ça va ? demande-t-il, inquiet.

— Oui, oui, c'est juste… C'est juste que Jimmy Mariani était le chanteur préféré de ma mère. Elle écoutait ses albums en boucle dans la voiture et elle chantait à tue-tête dès qu'une de ses chansons passait à la radio. Et, je… J'ai perdu ma mère, récemment, enfin, il y a deux ans et quelques, mais c'est toujours récent pour moi, je…

Roxane s'interrompt, secoue la tête. Pourquoi se confie-t-elle à cet inconnu ? Elle va juste le mettre mal à l'aise.

— Je suis désolée, murmure Jules. Une maman, c'est irremplaçable.

Il pose sa main sur celle de Roxane et accompagne ces mots d'une légère pression. C'est un geste de réconfort léger, sans la moindre ambiguïté, mais qui réchauffe un peu le cœur de Roxane.

— Bonsoir, deux gin tonic, s'il vous plaît.

Roxane s'écarte pour laisser passer les clients et Jules reprend son air professionnel pour s'activer derrière le comptoir de bois verni. Les vacanciers rentrent de leur journée de ski ou de leur excursion. Elle est soulagée de ne pas apercevoir Jort Van den Heuvel. Elle passe la soirée à se présenter aux clients et à proposer des promenades en raquettes, option qui lui semble être la moins dangereuse, compte tenu des circonstances, puis elle va se coucher sans dîner, fatiguée du voyage et de toutes ces émotions.

Le lendemain matin, Roxane a rendez-vous pour une promenade en raquettes avec une famille. Les vacanciers peuvent s'adresser directement à elle ou demander à la réception de bloquer un créneau. C'est Nour qui s'occupe des réservations. Roxane enfile ses vêtements de ski, puis se rend dans la cuisine réservée au personnel pour se faire un café. Elle fait partie de ces gens incapables de gérer une interaction avec un autre être humain tant qu'ils n'ont pas absorbé leur dose matinale de caféine.

Dans la cuisine, quelques employés matinaux prennent leur petit déjeuner à la table commune. Elle reconnaît Nour qui lui fait un sourire. Jules n'est pas là et elle ressent une pointe de déception. Il doit se coucher tard et sans doute ne commence-t-il pas à travailler avant l'après-midi.

Roxane empoigne un mug au hasard, sur lequel est écrit « Quand on veut, on peut ». Elle y verse une longue rasade de café noir. Puis, elle vient s'asseoir à la table.

— Bien dormi ? demande Nour gentiment.

— Comme un bébé, ce qui ne m'était pas arrivé depuis longtemps !

— C'est l'air de la montagne, sourit Nour.

— Oui, c'est vrai que je n'ai pas l'habitude.

Une expression d'étonnement traverse le visage de la réceptionniste.

— Tu n'as pas l'habitude de la montagne ? Je croyais que tu avais fait je ne sais combien de saisons à Courchevel et à Megève ?

Roxane se maudit intérieurement. Comment est-il possible que tout le monde se rappelle son CV mieux qu'elle ?

— Si, si, bien sûr, je voulais juste dire…

Elle soupire, avale deux grandes gorgées de café brûlant et finit par admettre :

— Je ne suis pas réveillée, je ne sais pas ce que je voulais dire !

— Ahah, je comprends, dit Nour en beurrant une tartine. Le matin, c'est difficile. J'ai vu que tu passais la matinée avec les Jourdain. Fais attention, lui n'est pas très sympa. Aussi autoritaire et désagréable que radin sur les pourboires.

— Ah oui ? Merci du conseil. Dis, vu que tu gères en partie mon emploi du temps, je peux te demander quelque chose ?

— Oui, bien sûr.

— Ce client néerlandais, Yoren fonedeknopfel…

— Jort Van den Heuvel ? Il est adorable !

— Oui, peut-être, mais est-ce que tu pourrais lui dire que je n'ai plus de créneaux disponibles pour lui donner des cours de ski s'il demande ?

Nour fronce les sourcils tout en croquant dans sa tartine.

— À vrai dire, il a déjà réservé plusieurs demi-journées de cours de ski. Tu le vois dès cet après-midi. Quand Monsieur Hubert lui a dit que tu parlais néerlandais, il était tellement content qu'il a booké avant même d'arriver.

— Zut !

— Tu as eu un souci avec lui ? Il t'a draguée ?

— Non, non, la réalité, c'est que… Écoute, j'ai peut-être un peu exagéré mon niveau de néerlandais, ça fait longtemps que je n'ai pas pratiqué et…

— Oh, tu ne parles plus néerlandais avec ton père ?

Roxane ouvre la bouche, la referme. Manifestement, elle ne peut plus prononcer une phrase sans que chacun de ses mensonges se propage plus vite qu'un jaguar sous stéroïdes.

— J'ai besoin d'un autre café, marmonne-t-elle.

Nour rougit, elle pense avoir fait une gaffe. Peut-être s'imagine-t-elle que Roxane a perdu son père et qu'elle a rouvert une plaie récente avec sa question. Roxane se ressert une tasse et revient s'asseoir en face de la jeune femme.

— Écoute, la vérité, c'est que je ne parle pas le néerlandais, je ne sais pas comment je vais m'en sortir…

— Oh, d'accord… Et… tu parles anglais ?

— Un peu…

— Bon, il parle très bien anglais, peut-être que tu peux lui dire qu'il y a eu un malentendu. C'est un type gentil, il sera déçu, mais ce n'est pas son genre de faire un scandale…

Roxane se prend la tête entre les mains. Elle n'est pas venue pour toute cette comédie. Elle est venue au Grand Hôtel du Val des Neiges pour parler au directeur qui n'a pas répondu à ses emails. Elle est venue à cause des lettres enflammées signées Hubert Rouvier que, toute sa vie, sa mère a gardées cachées dans une boîte de palets bretons, elle-même planquée derrière de vieux cartons à chaussures, comme on conserve un rêve qu'on n'a jamais réussi à réaliser, mais qu'on n'a pas non plus le cœur de jeter à la poubelle. Elle est venue pour le confronter au sujet de la photo où ils se regardent tous les deux dans les yeux, serrés l'un contre l'autre, comme Roméo et Juliette sous un ciel étoilé, ce qui ne serait pas un problème en soi si la date griffonnée au bic derrière le cliché n'était pas bien postérieure à celle de la rencontre de ses parents. À aucun moment, Roxane n'avait prévu de passer la semaine à fuir un Néerlandais et à prétendre être une alpiniste professionnelle ou je ne sais quoi d'autre que Francesco lui avait conseillé d'ajouter sur son CV. Elle voulait juste savoir si sa mère leur avait menti toute sa vie et si la famille heureuse dans laquelle elle pensait avoir grandi était réelle ou si elle n'était qu'un simulacre destiné à cacher un grand amour impossible.

Nour jette un coup d'œil à sa montre et se lève précipitamment.

— Zut, je suis désolée, je dois y aller, je remplace le réceptionniste de nuit à huit heures. Bonne journée !

— À plus tard !

Roxane se ressert une troisième tasse de café. Elle va en avoir besoin pour affronter sa journée.

La matinée se passe à peu près sans encombre. Certes, Roxane perd la famille Jourdain lors de la promenade. Elle est obligée de leur faire traverser trois pistes noires en courant et en raquettes sous les insultes des skieurs à pleine vitesse qui manquent de tuer la pauvre Mme Jourdain, tétanisée sur une plaque de glace comme un lapin dans les phares d'un trente-trois tonnes. Roxane rattrape toutefois le coup avec brio, de même quand M. Jourdain, rouge de colère, lui crie au visage :

— Enfin, vous ne vous rendez pas compte ! Je sais que vous êtes championne olympique, mais il faut vous mettre au niveau de vos clients ! Nous sommes débutants et ma femme n'a pas fait de sport depuis l'élection de Giscard !

Roxane, qui a cerné le personnage, prend un air contrit et lui répond :

— Je suis désolée, en vous voyant, je vous ai trouvé très… en forme, vous avez l'air d'un grand sportif et d'ailleurs… vous vous en êtes parfaitement sorti, jamais je n'aurais pensé que c'était votre première fois en raquettes !

Surpris, M. Jourdain se rengorge et marmonne :

— Oui, oui… C'est vrai que je fais un peu de yoga ashtanga.

— Ah oui ? sourit Roxane. Ça a l'air très efficace pour renforcer les muscles… Je devrais peut-être m'y mettre.

M. Jourdain est toujours aussi rouge, mais désormais, c'est de vanité.

— Bon, c'est vrai que vous ne pouviez pas savoir, tenez, voilà pour vous.

Et il lui tend cinquante centimes de pourboire et s'éloigne tout fier avec un grand sourire. Roxane surprend le regard amusé de Mme Jourdain qui, malgré sa pâleur due à sa récente expérience de mort imminente sur les pistes noires, a bien compris la situation. Elle ne fait toutefois aucun commentaire et se contente d'annoncer à Roxane qu'elle va remplacer la deuxième session de raquettes prévue deux jours plus tard par un massage aux pierres chaudes. Roxane promet de transmettre l'information à la réception.

Après le déjeuner, il va lui falloir affronter le Néerlandais. Nour lui a expliqué que les employés pouvaient manger dans la cuisine du restaurant. Roxane demande un sandwich et s'installe à l'arrière de la cuisine pour profiter du soleil et du paysage. Quelques minutes plus tard, Jules, qui a remplacé son costume noir et son nœud papillon par un vieux sweat-shirt et un jean, vient s'asseoir à côté d'elle, un mug de café à la main, sur lequel est écrit « L'avenir appartient à ceux qui se lèvent tôt ».

— Je peux te tenir compagnie ? demande-t-il.

— Oui, oui, répond-elle la bouche pleine.

Jules a la tête de quelqu'un qui vient de se lever. Il bâille et gratte l'ombre de barbe sombre qu'il n'a pas encore eu le temps de raser.

— Je commence à quatorze heures… Je viens de croiser Nour, elle m'a dit qu'elle avait surpris une conversation te concernant entre ce connard de Jourdain et Monsieur Hub'.

La bouchée de sandwich qu'elle vient d'avaler se bloque dans la trachée de Roxane.

— Ah oui ? Ils disaient quoi ?

Jules boit une gorgée de café et fixe Roxane par-dessus son mug, une lueur amusée dans ses yeux.

— Rien de grave, ne t'inquiète pas. Je ne sais pas ce que tu lui as fait, mais il expliquait à Hubert qu'on voyait tout de suite que tu avais de la bouteille, qu'on sentait que tu étais une vraie sportive de haut niveau, capable de « challenger » ceux qui avaient un gros potentiel sportif inexploité comme lui.

Roxane manque de s'étrangler.

— C'est vrai ?

— Yep… Monsieur Hub' lui a répondu que tu étais la perle rare, il est ravi de t'avoir recrutée. Il parle de toi à tout le monde, on croirait que tu es la fille qu'il n'a jamais eue ! Le pauvre Seb va souffrir de la comparaison quand il va revenir de congé paternité !

Roxane sourit, momentanément soulagée. Malgré le froid sec et la neige lisse qui les entoure, les rayons du soleil réchauffent ses joues, elle se sent apaisée. Ou peut-être est-ce la présence tranquille de Jules. Adossé à la rambarde métallique de l'escalier de secours, il ferme les yeux pour profiter du soleil et Roxane se surprend à l'examiner en douce. Elle laisse traîner son regard sur sa mâchoire bien dessinée, ses épaules qu'elle devine sous le sweat-shirt. Il dégage une simplicité et une gentillesse qui donnent envie de se confier à lui. Il est très différent de Marc, son ex. Marc était toujours stressé, toujours pressé, toujours à lui reprocher d'être trop lente, pas assez organisée ou de ne pas avoir assez d'ambition.

Quand Marc l'a quittée quelques mois après le décès de sa mère, Roxane pensait avoir le cœur brisé, mais à sa grande surprise, elle n'a ressenti que du soulagement. Marc ne comprenait pas la douleur de Roxane. Pour lui, il était normal de perdre ses parents, on pleure et puis on s'en remet, c'est la vie. Roxane n'allait tout de même pas éternellement s'apitoyer sur son sort. Mais jamais Roxane n'avait envisagé qu'elle vivrait un jour dans un monde sans sa mère. Une fois la brutalité du choc passé, les procédures administratives liquidées, elle avait constaté qu'un trou glacé s'était formé dans sa poitrine. Et un trou au cœur, ça a beau être du vide, c'est terriblement pesant à porter toute la journée. Se lever le matin lui demandait un effort inouï. Elle attendait que les journées passent, sans comprendre quel était le sens de tout ça. On vit, on meurt, et puis après ? Comment profiter des moments de bonheur, quand on sait qu'à tout instant, on peut perdre ceux qui vous chérissent le plus au monde ? Que tous ces cadeaux que la vie nous offre peuvent nous être retirés du jour au lendemain ? « Vois le côté positif, il y a des gens qui ont de vrais problèmes », assenait Marc. La nuit, elle ne dormait plus. Dans l'obscurité, elle écoutait s'écouler les secondes, terrifiée à l'idée du lendemain, terrifiée à l'idée qu'il faudrait recommencer à faire semblant de vivre, à traîner ses membres en plomb et son âme épuisée jusqu'au centre d'appels, écouter les conversations des autres, prétendre aller bien, choisir un plat à la cantine, alors que tout avait désormais le goût des cendres froides. « Secoue-toi, s'agaçait Marc, fais du sport. » *Je n'y arrive pas,* pensait-elle en montant dans son RER quotidien ou quand elle répondait mécaniquement « bien et toi ? » au « ça va ? » rhétorique de ses collègues. *Je n'y arrive pas,* quand elle regardait le nom de ses amis s'afficher sur son téléphone sans trouver la force ni de décrocher ni de rappeler. « Tu as juste besoin d'une bonne semaine de vacances, décrétait Marc, organise-les. » *Je n'y arrive pas,* quand elle lançait une plaisanterie qui faisait rire son entourage, sidérée par sa propre capacité à donner le change, à mentir, à prétendre, *je n'y arrive pas,* quand il fallait faire le dîner le soir et qu'elle se couchait sans manger ou après avoir avalé un paquet entier de chips. « Tu te négliges, constatait Marc, tu ne te respectes plus. » *Je n'y arrive pas,* quand il fallait choisir ses habits le matin et qu'elle restait hébétée devant son armoire, en se demandant comment quelque chose qui avant était un plaisir lui coûtait aujourd'hui plus d'énergie qu'un marathon sans préparation.

À quel moment les petits bonheurs d'avant, les rencontres, les dîners, les voyages étaient-ils devenus contraintes et corvées ? Marc était parti, parce que, quand elle avait joué toute la journée le rôle de la fille sympa qui va bien, il ne lui restait plus rien, le soir, pour prétendre être autre chose qu'une coquille vide, déconnectée de tout, ses émotions mortes, englouties dans le puits sans fond de son épuisement. Marc s'énervait quand elle tentait de lui expliquer. Se plaindre, c'est pour les faibles. Il n'avait pas envie de l'aider à porter le poids immense de son vide intérieur. Face à ce vide, Roxane était seule comme elle ne l'avait jamais été. Trop lourd, trop pénible, trop incompréhensible pour ceux qui ne l'ont pas vécu dans leur tête et dans leur corps.

Finalement, peut-être que cette boîte de palets bretons, remplie de souvenirs de sa mère dont elle ignorait tout, a sauvé Roxane. Peut-être que l'étincelle de curiosité qu'elle a générée dans la brume de son cerveau a réveillé quelque chose. *Je ne connaissais pas vraiment Maman.* Ce sont le désarroi et la stupéfaction dans lesquels l'avait plongée cette constatation qui ont fini par la conduire dans le bureau d'un psychologue. Il était vital qu'elle parle à quelqu'un de cette découverte, et en discuter avec un de ses proches aurait été trahir sa mère.

— Je suis ici parce que je comprends que je ne connaissais pas vraiment la personne dont j'étais la plus proche au monde, a expliqué Roxane au psy. Je me demande si je ne suis pas traumatisée.

En réalité, elle était là parce qu'elle faisait une grave dépression, mais elle ne le savait pas encore. Elle était là parce que, très loin, tout au fond du trou froid qui l'habitait, quelque chose avait manifesté un sursaut de révolte, la vie s'était rebellée, elle avait refusé de s'avouer vaincue par du vide, du noir et du néant. Alors, à la première excuse, en l'occurrence une boîte de palets bretons, son instinct de survie avait pris Roxane par la main et l'avait emmenée exactement au bon endroit. Dans le cabinet d'un psy. Là où enfin, à raison d'une heure par semaine, elle pourrait arrêter de s'épuiser à prétendre être heureuse et décharger un peu ses épaules démolies du fardeau accablant du vide.

— À quoi tu penses ? demande Jules. Tu as l'air triste.

Elle réalise qu'il l'observe avec attention.

— À rien, répond-elle en rougissant, enfin… je pense à mon Néerlandais avec qui j'ai rendez-vous à deux heures et comment je vais pouvoir m'en sortir…

Jules hausse les épaules.

— Peut-être avec la vérité ? suggère-t-il. Ça n'a pas l'air d'être un méchant, et si tu as amadoué Jourdain, je suis sûr que Jort Van den Heuvel te mangera dans la main en moins de douze secondes.

Roxane n'en est pas si sûre mais, de toute façon, elle n'a pas vraiment le choix. Par acquit de conscience, elle regarde sur son téléphone comment on dit, « bonjour » et « au revoir » en néerlandais. Puis, une fois son sandwich terminé, elle laisse Jules pour se rendre à la réception, les mains légèrement moites à l'idée de la confrontation qui l'attend.

Jort Van den Heuvel l'attend devant le feu de cheminée, il est en avance et arbore une mine réjouie et enthousiaste. Roxane s'approche et s'annonce d'un timide « Hallo ».

— *Goede morgen hoe gaat het ? Ik ben Jort, leuk je te ontmoeten, kan niet wachten om te gaan skiën !*

Roxane sent la panique l'envahir.

— *Ja, ja !*

Jort a l'air de trouver sa réponse tout à fait adaptée à la situation, parce qu'il poursuit avec le même enthousiasme :

— *Ik heb een spa-afspraak om 16.00 uur en vraag me af of ik deze moet annuleren, hoe laat zijn we vandaag thuis ?*

Il pourrait lui avoir demandé l'heure ou l'avoir insultée de la manière la plus obscène qui soit, Roxane n'a pas le début d'un soupçon d'idée de ce dont il peut bien parler.

— *Ja ?* tente-t-elle à nouveau, en mode autruche avec un sourire crispé.

La surprise envahit les traits de son client. Il repose une question, mais cette fois les sourcils légèrement froncés et plus lentement, comme s'il faisait un effort de prononciation.

Roxane se mord les lèvres et se jette à l'eau. Dans un anglais plus qu'approximatif, elle avoue ne pas parler néerlandais. Il y a eu confusion. Elle sera ravie de lui faire cours en anglais, mais en néerlandais, ce n'est pas possible. Bien entendu, il peut choisir d'annuler ; auquel cas, elle fera en sorte qu'il soit remboursé. Jort a l'air déçu, mais il accepte la situation. Le reste de l'après-midi se déroule sans incident. Roxane est une excellente skieuse, elle a passé tous ses hivers à la montagne depuis ses quatre ans. Sa mère adorait le ski. Si Jort doute de ses compétences à enseigner, il attribue probablement ses maladresses à son anglais qui, lui, n'a rien d'olympique. Il la remercie toutefois à la fin du cours et Roxane apprend le soir même par Nour qu'il a finalement annulé le reste de ses séances. Elle en éprouve du soulagement et de l'inquiétude. Combien de temps va-t-elle pouvoir faire illusion ? Pourquoi n'ose-t-elle pas parler à Hubert Rouvier et lui avouer la véritable raison de sa présence à l'hôtel ?

Dans le hall, un immense sapin a été décoré, il sent bon la sève et Noël qui approche. Roxane a presque oublié que Noël est dans quelques jours. Cette année, son père a choisi de passer la fin d'année à l'île Maurice avec Barbara, sa compagne depuis quelques mois. Roxane l'y a encouragé. Elle est heureuse qu'il ne soit plus seul, qu'il remonte peu à peu la pente de son chagrin. Et puis, les Noëls des deux dernières années, juste tous les deux, à penser à sa mère, sans oser en parler pour ne pas gâcher l'ambiance, c'était une épreuve qu'elle préférait éviter. Au final, elle n'est pas mécontente d'être ici, de rencontrer des gens sympathiques, comme Jules et Nour, de s'être engagée dans cette enquête un peu absurde et de son projet de voyage autour du monde. Tout cela l'aide à ne pas brasser trop d'idées noires. Elle se murmure : *Le monde est beau, l'instant présent est précieux, il est tout ce que nous possédons, je dois me souvenir de cela.* Et elle s'endort comme une masse.

***

Dans deux jours, c'est Noël. Depuis qu'elle est arrivée au Grand Hôtel du Val des Neiges, Roxane a fait la connaissance des autres employés. Le midi, elle mange sur le pouce, le soir, elle dîne en général avec Jules et Nour. Elle connaît désormais, au moins de vue, tous les clients. Elle se demande d'ailleurs s'il ne se trame pas quelque chose entre Jules et une des clientes, Karen. Ils semblent souvent discuter ensemble. Elle a donné un cours de ski très agréable à la sympathique Mona, aussi excitée à l'idée de fêter Noël au Val des Neiges que si elle avait gagné un séjour tout inclus à Bora-Bora avec Brad Pitt et qui n'a pas semblé douter un seul instant des compétences de Roxane. Elle a emmené un certain Félix Baltimore faire une promenade en raquettes. Il a passé son temps sur son téléphone ; il fait quelque chose dans la finance, Roxane n'a pas compris exactement quoi. Il était si concentré sur ses emails qu'il n'a pas remarqué que Roxane s'était perdue et il lui a demandé de le raccompagner plus tôt que prévu à l'hôtel parce qu'il n'avait plus de réseau. Il lui a malgré tout laissé un généreux pourboire. Monsieur Hubert a l'air toujours aussi convaincu d'avoir trouvé la perle rare. Jort n'a pas cafté sur son incompétence en néerlandais et peut-être est-ce la magie de Noël, mais tout le monde semble penser que Roxane est formidable et qu'elle est tout à fait à sa place.

Ce matin, toutefois, Roxane a une mission. La veille, elle a croisé Agatha de Bois Lagarde dans la bibliothèque. Elle faisait une détox digitale, son téléphone à la main. Roxane n'a plus vraiment de doute sur le fait qu'Agatha a un grain, mais elle la trouve attachante. Aussi, quand celle-ci lui a proposé une somme aberrante pour empêcher son fils de monter la rejoindre pour Noël, Roxane s'est aussitôt sentie responsable. Ce petit con qui souhaitait destituer sa mère et prendre la tête de son entreprise ne viendrait pas lui gâcher le réveillon. Sans compter que la somme proposée lui permettra de concrétiser bien plus vite qu'elle ne l'avait prévu son projet de tour du monde.

Roxane a un plan. Elle se lève avant l'aube et enfile sa combinaison de ski. Tout le monde dort encore quand elle va dans la cuisine se faire un café dans un mug portant l'inscription « Chaque jour est une nouvelle possibilité de commencer à réaliser ses rêves » ou quelque chose dans le genre. Elle l'avale, lave la tasse et la replace au milieu des autres mugs à messages probablement choisis par Monsieur Hubert pour motiver ses employés avec la subtilité d'un char d'assaut dans un salon de thé.

Elle se glisse dehors. L'aube est encore grise et les guirlandes qui habillent les sapins enneigés autour de l'hôtel sont allumées. Roxane marche d'un pas rapide. Le craquement de ses après-ski sur la neige fraîche résonne dans l'épais silence de la montagne. Elle remonte le sentier enneigé qui va jusqu'à l'arrivée des télécabines. Elles ne sont pas encore en route. Roxane inspire l'air glacé, admire la majesté du mont Blanc qui se découpe sur le ciel pâlissant. Puis elle sort de sous sa veste de ski un lourd marteau et une paire de cisailles qu'elle a discrètement empruntés la veille au soir dans la caisse à outils de la cuisine. Elle brise la vitre de la porte qui permet d'accéder aux cabines aux heures d'ouverture et se glisse à l'intérieur. D'un regard circulaire, elle repère le bureau vitré dans lequel l'homme qui opère le téléphérique s'installera à neuf heures. Elle casse encore un carreau, glisse sa main à travers et tourne le verrou du bureau depuis l'intérieur.

— Merde, marmonne-t-elle en réalisant qu'elle s'est coupée sur un éclat de verre.

Elle retire son bonnet et enveloppe sa main qui saigne, puis elle ouvre la porte. Roxane n'est pas plus électricienne qu'elle n'est championne olympique de ski, mais elle coupe quelques fils électriques et part du principe que ça suffira à maintenir les remontées mécaniques hors d'usage jusqu'au 26 décembre. Elle culpabilise pour les vitres brisées. Tout de même, elle n'est pas une vandale, mais Agatha peut désormais dormir sur ses deux oreilles. Son fils ingrat et intéressé ne gâchera pas son réveillon de Noël.

Le ciel commence à rosir et tout est encore silencieux quand Roxane revient dans le bâtiment des employés. Elle replace le marteau et les cisailles dans la cuisine et se dirige tout droit vers la salle de bains partagée, avec l'intention de nettoyer la coupure qui balafre sa paume avant que les autres ne se réveillent. Elle ne prend pas garde au trait de lumière sous la porte de la salle d'eau et l'ouvre non sans une certaine brusquerie. Elle reste la bouche ouverte, figée par la stupéfaction. Devant elle, tout juste sorti de la douche se tient Jules, une serviette blanche à la main qu'il a précipitamment placée devant son entrejambe.

— Mais qu'est-ce que tu fais là ? demande-t-il à Roxane, stupéfait.

Roxane ouvre la bouche, cherche quelque chose de pertinent à répondre, mais elle ne peut pas. À cet instant, la seule chose que son cerveau est capable de formuler, c'est l'idée absurde, voire absolument ridicule, qu'elle donnerait n'importe quoi pour être une goutte d'eau. Pour tomber des mèches brunes et trempées de Jules sur ses épaules vigoureuses, pour rouler sur la peau mate de son cou, descendre le long de son torse nu et de ses bras robustes et venir mourir sur ses mains qui maintiennent très fermement la serviette au bon endroit.

— Ta main ! s'exclame Jules. Qu'est-ce qui t'est arrivé ?

Roxane se réveille de son rêve et baisse les yeux. Le bonnet qui recouvre sa blessure est imbibé de sang.

— Retourne-toi deux secondes, ordonne Jules.

Comme un automate, elle obéit. Pendant qu'il s'habille, il s'excuse, désireux de meubler le silence.

— Désolé, j'ai oublié le verrou, en général tout le monde dort à cette heure-là... Je prenais juste ma douche avant de me coucher. Je viens de finir, Jimmy Mariani m'a demandé de faire des heures sup dans son chalet privé. Il va chanter demain à la soirée de Noël alors il m'a demandé de gérer les boissons pour lui et son équipe pendant la répétition...

— C'est moi qui suis désolée, balbutie Roxane. Je n'ai pas fait attention.

Il pose une main sur son épaule et elle sursaute.

— Viens voir.

Tout en parlant, il a enfilé un caleçon et un tee-shirt directement sur sa peau mouillée. Ses cheveux, qu'il n'a pas pris le temps de sécher, gouttent sur le coton gris clair. Avec douceur, il saisit la main de Roxane et retire le bonnet qui protège la plaie. Il ouvre le robinet et passe la paume de la jeune femme sous l'eau froide.

— Ce n'est pas très profond, murmure-t-il les sourcils froncés, l'air concerné et soulagé à la fois.

Roxane ne sait pas quoi répondre. Il est si proche qu'elle peut sentir l'odeur fraîche de son shampoing et celle mentholée de son dentifrice. Elle se retient de poser sa main valide sur ses mèches humides ou sa joue mal rasée.

— Ne bouge pas, je vais chercher la trousse à pharmacie.

Il disparaît, laissant derrière lui un vide moite. Roxane croise son reflet dans la glace, elle a les yeux ronds, les joues rouges et l'air totalement abrutie. Elle se colle une petite claque, pour se réveiller. Qu'est-ce qui lui prend ? Presque deux ans que Marc est parti et tout autant qu'elle n'a rien ressenti de cet ordre-là. Et voilà que le petit feu qui s'est allumé dans son ventre semble lui avoir grillé l'intégralité des neurones.

Jules revient. En silence, il désinfecte la plaie avec un coton imbibé d'alcool.

— Ça ne fait pas mal ? s'inquiète-t-il.

— Non, souffle Roxane, incapable de prononcer un mot de plus.

Le contact des doigts de Jules sur la peau glacée de Roxane lui fait l'effet d'un courant chaud qui remonte le long de ses bras et envahit tout son corps. Elle voudrait qu'il ne lâche jamais sa main, que le temps s'arrête pour qu'elle puisse profiter de cette fièvre oubliée qui palpite dans ses veines. *L'instant présent est précieux. Il est tout ce que nous avons.* Elle ferme les yeux, sent dans son corps la vie qui s'étire et s'éveille comme après une longue période d'hibernation. Avec beaucoup de délicatesse, Jules colle un pansement sur la coupure.

— Voilà, murmure-t-il.

Sa voix est plus basse que d'habitude et, quand il relève la tête, il y a une lueur inhabituelle dans son regard. Roxane se demande s'il a ressenti la même proximité, la même chaleur qu'elle. Il se racle la gorge, un peu gêné.

— Tu veux me dire comment tu t'es fait ça et ce que tu faisais dehors avant le lever du jour ?

Roxane secoue la tête.

— Comme tu veux, marmonne Jules.

Il lâche sa main. Elle sent qu'elle l'a blessé. Il espérait qu'elle se confierait à lui et elle l'a repoussé. Elle regrette que le charme soit rompu, mais elle ne peut pas trahir Agatha.

— À plus tard, dit-elle précipitamment, de peur de changer d'avis. Tu dois dormir et moi, je… je dois aller me changer.

Le reste de la journée se passe comme dans un rêve. La panne crée beaucoup d'agitation dans l'hôtel. Monsieur Hubert est dans tous ses états. Roxane croise Agatha dans un couloir et lui fait un sourire, le pouce levé, pour lui signifier que sa mission a été accomplie, mais l'aristocrate semble catastrophée. Roxane n'ose pas l'arrêter pour lui demander si elle va bien.

***

Les jours qui ont précédé Noël sont passés à toute vitesse. Depuis ce matin, l'hôtel est en effervescence. Dans les cuisines du Grand Hôtel du Val des Neiges, des commis de cuisine courent dans tous les sens, deux jeunes femmes concentrées décorent à la chaîne des assiettes avec du vinaigre balsamique, et le chef en toque blanche crie des ordres avec la même urgence que le commandant d'une unité de forces spéciales pendant un raid antiterroriste.

Roxane est l'une des rares employées à ne pas avoir besoin de travailler pour le réveillon. Si les télécabines n'étaient pas en panne, elle serait probablement redescendue dans la vallée, mais comme elle est bloquée ici, le chef qui a, comme tout l'hôtel, entendu chanter les louanges de l'exceptionnelle Roxane, polyglotte, championne et alpiniste, lui a proposé de profiter du délicieux dîner de gala dans la cuisine. Roxane peut entendre la voix mélodieuse de Jimmy Mariani s'échapper de la salle du restaurant, tout en se régalant des mets délicieux qu'on lui sert comme si elle était la plus importante des invitées. À grand renfort de photos, elle relate en direct son Noël atypique à son ami Francesco. Tout va bien. Dans deux jours, elle repartira avec une somme rondelette et elle a presque renoncé à l'idée de parler à Monsieur Hubert. Après tout, peut-être préfère-t-elle ne pas savoir. Peut-être que, tout simplement, cette zone d'ombre de la vie de sa mère ne la regarde pas. Cela ne change rien à la relation qu'elle avait avec elle, à tout l'amour que celle-ci lui a donné sans compter. Elle songe au futur, au voyage qu'elle pourra commencer à planifier dès la semaine prochaine et, plongée dans ses pensées, elle sursaute quand une main se pose sur son épaule.

— Roxane, il faudrait que tu viennes avec moi.

Nour se tient à côté d'elle, elle est pâle et a l'air embêtée.

— Je ne peux pas finir de dîner ? demande Roxane avec un regard en coin sur les bûches trois chocolats alignées un peu plus loin.

— Écoute, je… C'est Monsieur Hubert, il a l'air très énervé, il m'a dit de te ramener immédiatement dans son bureau, je ne sais pas ce qui se passe…

Roxane avale sa purée de travers et se lève, subitement inquiète.

A-t-elle été démasquée ? Elle avait fini par se dire qu'elle était hors de danger et avait temporairement oublié la précarité de sa situation.

À peine entrée dans le bureau de Monsieur Hubert, elle a l'impression que la température a chuté de 30°C.

— Asseyez-vous, lui intime Monsieur Hubert d'une voix glaciale.

Roxane obéit, elle a envie de disparaître sous terre.

— Saviez-vous, Roxane, que le poste de contrôle des télécabines est équipé de caméras de surveillance ?

Roxane avale sa salive et secoue lentement la tête, elle n'a plus vraiment de doute sur la teneur de cette conversation.

— J'imagine que vous vous doutez de ce qu'on a trouvé sur ces vidéos ? La sécurité a été suffisamment scandalisée par votre acte honteux de vandalisme pour venir m'interrompre pendant un succulent dîner de réveillon, passé, qui plus est, en charmante compagnie.

Roxane baisse la tête sans répondre.

— Vous n'avez aucune idée, mademoiselle, des conséquences de votre délinquance ! Quand je pense que cette pauvre Agatha, je veux dire Mme de Bois Lagarde, a failli passer le réveillon sans son fils adoré à cause de vos pulsions terroristes. Heureusement, Jules, qui connaît toute la vallée, a réussi à nous dénicher un guide de dernière minute qui a accepté d'accompagner Nicolas jusque ici… Je veux dire M. de Bois Lagarde, en ski de randonnée. Mais malgré tout, l'idée que cette femme délicieuse ait failli voir son Noël gâché à cause de vous ! Je suis horrifié ! Et figurez-vous que, pris d'un doute affreux, j'ai appelé le Saint-Pierre, deux palaces à Courchevel et trois à Megève ! Personne, vous m'entendez, personne n'a jamais entendu parler de vous ! Y compris les gens qui ont signé les lettres de recommandation que vous avez honteusement falsifiées pour vous introduire tel un serpent maléfique dans nos rangs !

Hubert Rouvier est maintenant rouge de colère. Il semble prêt à exploser dans son smoking noir et Roxane tente de retenir les larmes qu'elle sent déborder.

— Et le pire, poursuit le directeur de l'hôtel, le pire c'est que j'ai compris, quand j'ai partagé une coupe de champagne avec ce très cher Jort Van den Heuvel, que vous ne parliez pas un mot de néerlandais ! Si ça se trouve, vos parents ne tiennent même pas une pizzeria à Naples ! Comment avez-vous pu trahir à ce point ma confiance ? Je veux savoir, mademoiselle, ce que vous faites ici sous une fausse identité, pourquoi vous détruisez les téléphériques et quel dessein malhonnête se cache derrière vos abominables mensonges ! Qui êtes-vous ? Qui êtes-vous réellement ? Je veux...

— Je suis la fille de Nathalie Bourdieu !

Roxane a parlé très vite et trop fort et la petite phrase tombe au beau milieu de la logorrhée déchaînée de Monsieur Hubert comme une grosse pierre au milieu d'un étang.

— Que... qui... quoi ? Comment ? demande-t-il, l'air médusé.

Roxane prend une grande inspiration et sort d'une traite :

— Je suis la fille de Nathalie Bourdieu. Je suis ici parce que vous n'avez pas répondu à mes emails. À la mort de ma mère, j'ai trouvé des lettres et une photo de vous deux. Dans ces lettres, vous parlez de partir ensemble faire le tour du monde, de passer votre vie ensemble, de… Je sais que vous avez eu une histoire avec ma mère alors qu'elle était déjà avec mon père, je sais que tout cela s'est déroulé très peu de temps avant ma naissance, alors j'ai eu besoin de savoir si ma mère voulait quitter mon père, partir avec vous à l'autre bout du monde et pourquoi elle avait renoncé, pourquoi elle avait gardé ces lettres et si… et si elle avait gâché sa vie avec nous. Parce que vous comprenez, elle me disait toujours de profiter de chaque instant, que le présent est tout ce qu'on a et qu'il ne faut pas se marier trop jeune ou s'encroûter trop tôt. Elle disait ça, « s'encroûter ». Elle me disait de vivre, de voyager, d'être libre et maintenant je ne peux pas m'empêcher de me demander si ce n'est pas parce qu'elle regrettait d'être restée, de ne pas avoir vécu sa grande passion avec vous et… et… si c'est la maternité qui l'a enchaînée dans une petite vie terne, si elle aurait préféré une autre vie, une vie sans moi, où elle aurait été libre de réaliser ses rêves et de vivre les grandes aventures dont vous parlez ensemble dans vos lettres.

Les larmes coulent le long des joues de Roxane, mais ça lui fait un bien fou de sortir tous ces mots, toutes ces pensées qui l'empêchaient de respirer à fond depuis plus de deux ans.

Monsieur Hubert est désormais très pâle, en état de choc. D'instinct, il sort une boite de mouchoirs en papier de son bureau et la tend à la jeune femme. Puis, pendant qu'elle se mouche bruyamment, il semble reprendre vie et demande à voix basse, l'air perdu.

— Nathalie nous a quittés ?

Comme si c'était le seul élément qu'il avait retenu de tout le monologue de Roxane. Une petite larme s'échappe de son regard triste. Et Roxane éprouve de la compassion pour lui. Parfois, elle a tendance à oublier qu'elle n'est pas la seule personne qui a perdu quelqu'un d'important le jour où sa mère est morte.

— Oui… Je… Il y a un peu plus de deux ans. Une crise cardiaque. C'était très soudain.

Monsieur Hubert hoche la tête doucement ; il fixe Roxane les yeux luisants d'émotion, toute sa colère s'est envolée, le faux CV, le néerlandais, le sabotage du téléphérique. Il semble avoir tout oublié.

— Alors, c'est toi, la petite de Nathalie… Tu lui ressembles, tu sais, je ne sais pas comment je ne m'en suis pas rendu compte avant. Écoute, Roxane, je peux t'appeler Roxane, je peux te tutoyer ? Tu t'appelles vraiment Roxane ?

— Oui, bien sûr.

— Je n'ai pas reçu tes emails. Peut-être sont-ils arrivés dans mes spams. C'est vrai, ta maman et moi avons eu une aventure. Elle n'a pas trompé ton père, elle était trop entière pour ça. Cela faisait trois ans qu'ils étaient ensemble, ils étaient encore jeunes, ils s'étaient séparés plus ou moins d'un commun accord. Je sais qu'il y a eu beaucoup de lettres, mais notre relation a duré deux mois à peine. Parce que… il se trouve que j'aime écrire et que je suis un grand romantique, alors tous les jours, je lui écrivais une lettre d'amour que je postais dans la boîte aux lettres juste en bas de chez elle quand je la quittais au matin. Je lui écrivais tout ce que nous ferions ensemble, nos projets futurs, notre relation était très passionnelle, très intense, mais…

— Mais quoi ? demande Roxane, pendue à ses lèvres.

— Mais il faut que tu saches qu'à la seconde où elle a réalisé qu'elle était enceinte, elle m'a quitté sans un regret.

— Enceinte de vous ? lâche Roxane, subitement paniquée.

— Non, non ! Il n'y avait aucun doute sur les dates, ton père est bien ton père, mais le jour où elle l'a découvert, ça a tout changé pour elle, elle n'a pas hésité une seule seconde. Elle et ton père se sont remis ensemble quelque temps après. J'ai eu le cœur brisé, mais je crois qu'au final, nous n'étions l'un pour l'autre qu'une jolie parenthèse enflammée sur le chemin de nos vraies amours. Nous nous sommes écrit de temps en temps après cela. Moi aussi, j'ai gardé ses lettres, pas parce que je regrettais quoi que ce soit, simplement parce que c'était un très beau souvenir, et même si nous sommes tous les deux rapidement passés à autre chose, c'est toujours difficile de mettre à la poubelle un joli souvenir. Il faudrait que je te les donne, d'ailleurs, ces lettres…

— Pourquoi ? interroge Roxane en tordant un mouchoir en papier humide entre ses doigts tremblants.

Monsieur Hubert sourit et pose sur Roxane un regard plein de tendresse.

— Parce que, si tu les lisais, tu comprendrais très vite que le grand rêve de ta mère, sa plus belle aventure, le plus beau voyage que la vie lui ait offert de faire et dont elle a savouré chaque instant, c'était toi, Roxane.

***

Roxane, assise dans la neige devant le bâtiment des employés, regarde le soleil se lever sur le mont Blanc. Sa conversation avec Hubert s'est bien terminée. Il a effacé l'enregistrement des caméras de surveillance et déclaré qu'il s'occupait de régler le problème avec l'équipe de sécurité. Roxane ne sera pas inquiétée. Puis, il a déclaré qu'elle était pardonnée et il lui a même proposé de venir avec lui rejoindre sa chère Agatha pour la bûche glacée.

Tout le monde dort encore et Roxane profite de chaque couleur, de chaque sensation de ce matin de Noël solitaire qu'elle n'aurait jamais pensé vivre trois ans plus tôt. Elle songe qu'elle ne va pas toujours bien, mais quand même, elle va mieux. Et ça, c'est déjà une grande victoire.

— Café ?

La jeune femme sursaute, la voix de Jules la tire de sa rêverie. Il lui tend un mug fumant sur lequel est écrit « Work hard, play hard ».

— Merci.

Il s'assied à côté d'elle. Il porte encore son costume de barman, il a juste défait son nœud papillon et ouvert deux boutons de sa chemise.

— Tu ne vas pas te coucher ? demande Roxane.

— J'allais prendre ma douche, mais je t'ai aperçue par la fenêtre. J'ai eu l'impression que tu avais besoin d'un café.

Roxane sourit.

— Bien vu…

— C'est ma vocation, tu sais, de savoir ce que les gens ont envie de boire.

— Moi, je ne sais pas encore ce qu'est ma vocation…

— Détruire les téléphériques ? lance Jules, amusé.

Décidement, il n'existe aucun secret dans cet hôtel. Elle avale une gorgée de café et l'examine avec attention.

— À quoi tu penses ? demande-t-il.

— Je pense qu'il fait froid et que, moi aussi, je prendrais bien une douche chaude.

Une petite lueur s'allume dans le regard sombre de Jules.

— Le problème, c'est qu'on partage la même salle de bains…

— Est-ce vraiment un problème ? interroge Roxane avec un demi-sourire.

— Je vois bien une solution, murmure Jules. Je suis sûr qu'en se serrant, on peut trouver de la place pour deux…

Roxane n'a pas le temps de répondre. Il l'a prise dans ses bras et l'embrasse. Elle lui rend son baiser tandis que, derrière eux, le soleil fait miroiter les monts enneigés.

La communauté Charleston a aimé !

Chez Charleston, nous sommes convaincus que, loin d'être une aventure solitaire, la lecture est une invitation au partage. Nous échangeons constamment avec nos lecteurs et lectrices, et nous sommes fiers de la belle communauté d'amoureux des livres que nous formons tous ensemble. Chaque année, nous choisissons au sein de cette communauté vingt lectrices et lecteurs qui nous accompagnent tout au long de l'année, et découvrent nos romans en avant-première. Voici leurs avis !

« Un peu de romance, un peu de sujets douloureux, un peu d'humour, le mélange parfait pour un très bon livre de Noël ! »

@sobookiful

« Cinq petites histoires qui en forment une grande, c'est brillamment construit. Je recommande cet ouvrage à lire durant les fêtes de fin d'année, un vrai plaisir ! »

@mycosyreading

« Coup de cœur pour ce recueil de la TeamRomCom. Un recueil digne de Love Actually, parfait pour embarquer dans les festivités de Noël ! À dévorer avec un bon chocolat chaud ! »

@alice_au_pays_des_livres

« Une lecture cocooning comme on les aime à cette période. »

@lisez_en_moi

« J'ai adoré l'ambiance du livre. Des histoires bourrées d'humour et des personnages attachants. La TeamRomCom, un incontournable pour les fêtes de fin d'année ! »

@emmalectures

« Des nouvelles parfaites pour s'évader et patienter avant les fêtes de fin d'année. »

@_polyme_books_

« J'ai adoré l'ambiance du Val des Neiges. Humour, ambiance hivernale et péripéties sont au rendez-vous. Un recueil que je conseille à tous pour une veille de réveillon mouvementée. »

@viedelivres

« Une histoire captivante qui explore avec humour et chaleur les surprises que peut réserver la vie. »

@voslivresenunclic

À propos de la team RomCom

Isabelle Alexis

Auteur et scénariste, Isabelle Alexis a publié de nombreux romans, dont *Tu vas rire mais je te quitte !* et *Tu peux garder un secret ?* (Plon, 2002 et 2004) qui ont été adaptés au cinéma. Elle a publié *Comme dans un film noir* et *Ta vie est belle* aux éditions Flammarion (2012 et 2014). Elle est également l'auteur du scénario de *Moi et ses ex*, une comédie pour M6 qui a reçu le prix Coup de cœur au festival de Luchon. Plus récemment, elle a écrit *Redoutables* avec Sylvie Audcoeur, une pièce de théâtre, jouée à Avignon en 2022 et actuellement en tournée.

Retrouvez-la sur…

Facebook : http://www.Facebook.com/isabelle.alexis.5

Tonie Behar

Tonie Behar est née à Istanbul, a un passeport italien, un diplôme américain, un mari breton et trois enfants du pays des merveilles mais se sent avant tout parisienne. Romancière, scénariste, spécialiste de la comédie romantique, elle est l'autrice de huit romans, dont le dernier, *Une folle envie de liberté*, est paru en 2023 aux éditions Charleston. Vous pouvez croiser Félix, propriétaire du 19 bis, boulevard Montmartre, dans les autres romans de la saga *Grands Boulevards*.

Retrouvez-la sur...

Instagram : @toniebehar
Facebook : Tonie Behar romancière
Twitter : @TonieBehar
Site : toniebehar.com
Et sur son blog : www.comedieromantique.com

Adèle Bréau
Adèle Bréau aime raconter des histoires légères dans lesquelles elle glisse les problématiques et sujets d'une société qui la passionne. Journaliste (elle a été rédactrice en chef du elle.fr, et est aujourd'hui directrice de la mode et de la gastronomie au magazine *Gala*), elle s'enthousiasme pour tout ce qui anime un monde en mouvement qui ne cesse de bouleverser la vie des femmes, des couples et de ses contemporains. Autrice de la trilogie initiée par *La Cour des grandes*, elle a aussi écrit *L'Odeur de la colle en pot*, *Haute saison* et le best-seller *Frangines*. En 2023, elle a reçu le prix des Maisons de la presse pour *L'Heure des femmes*, le roman qui raconte le destin de sa grand-mère, Menie Grégoire. Fan de comédies romantiques et incorrigible « nineteesophile », elle ne rate jamais une rediffusion de *La Boum* ou de *Love Actually*.

Retrouvez-la sur…
Twitter : @Theadele32
Instagram : @adelle.fr

Sophie Rouvier

Sophie Rouvier est autrice de romans, scénariste et dialoguiste.

Retrouvez-la sur...

Facebook : https://fr-fr.facebook.com/sophierouvier
Twitter : @sorouvier
Instagram : @sophie.rouvier
Son site d'auteur : sophierouvier.org

Marie Vareille

Marie Vareille est l'autrice de dix romans traduits dans de nombreux pays. Son best-seller, *La Vie rêvée des chaussettes orphelines*, s'est vendu à plus de 200 000 exemplaires en France. Ses romans ont reçu de nombreux prix littéraires, notamment le Prix des Lecteurs U et le Prix Lamartine pour *Désenchantées* (2022). Elle vit au bord de la mer du Nord, aux Pays-Bas, avec son mari et ses deux filles.

Retrouvez-la sur...

Son site : www.marievareille.com
Instagram : @Marie_Vareille
Facebook : facebook.com/vareille.marie

PEFC PEFC/14-38-00277

Cet ouvrage est composé de matériaux issus de forêts gérées durablement certifiées PEFC™.
Le Programme de reconnaissance des certifications forestières (PEFC™) est le plus grand organisme mondial indépendant de contrôle pour une gestion durable des forêts. Pour en savoir plus, consultez le site www.pefc-france.org

Achevé d'imprimer en septembre 2023
par Novoprint
Dépôt légal : octobre 2023
Imprimé en Slovaquie